DU MÊME AUTEUR

Aux Éditions Gallimard

SUIZA, *roman*, 2019 (Folio nº 6844).

SAINT JACQUES, *roman*, 2021 (Folio nº 7074).

BÉNÉDICTE BELPOIS

GONZALO ET LES AUTRES

roman

nrf

GALLIMARD

À Guy Lamontre

Mon roman ne veut être qu'une image de la vie, racontée fidèlement sans réticences, sans tragédies extraordinaires, sans charité, comme la vie s'écoule, exactement comme la vie s'écoule, ni plus ni moins.

CAMILO JOSÉ CELA

Gros Salaud

Aujourd'hui j'ai écrit à la Tía Cayetana.

Elle seule peut faire quelque chose pour moi. Elle ira parler au Père, certainement, elle plaidera ma cause. Elle a toujours trouvé les mots pour l'adoucir et il l'écoute comme un oracle depuis l'enfance.

Pour ma lettre, j'ai acheté un bloc de papier, du *vélin surfin*, c'était beaucoup plus cher, mais je voulais quelque chose de noble pour embellir mes mots. Mon erreur a été de prendre des pages unies, j'aurais dû choisir un bloc ligné, je n'écris pas droit, même avec le guide.

Je ne savais pas par où commencer, je mordais mon stylo comme à l'école, j'écrasais sa pointe sur une feuille déclassée en brouillon, je gigotais sur ma chaise. Fanfan dormait, ou plutôt cuvait, je l'entendais ronfler devant la télé, il était impossible qu'elle me dérange. Je m'étais installé à la cuisine, la fenêtre ouverte sur les toits orange, je regardais le ciel bleu qui moutonnait d'agneaux bien blancs et je n'écrivais rien.

C'était plus dur que je ne l'avais imaginé, parce qu'il fallait que je me rhabille d'espagnol, ce que je n'avais pas fait depuis des années. Les mots se bousculaient à mes lèvres en français, teintés d'un peu de créole. La seule chose dont j'étais sûr, c'est qu'il fallait commencer par le jour de mon départ, remonter le cours du temps, revenir des années en arrière. À l'époque, j'avais à peine vingt ans, je ne savais pas encore qui j'étais. Tout ce que j'avais en tête, c'était d'éviter le service militaire : perdre tout ce temps pour apprendre à tuer mon voisin, ce n'était pas pour moi. Je demandais juste qu'on me laisse tranquille. Le Père, il avait déjà tracé mon chemin, il ne voulait rien entendre d'autre. D'abord l'armée certes, puisque je ne pouvais pas y couper, mais ensuite les vignes : reprendre l'exploitation, devenir un paysan, même si *viticulteur* semblait plus élogieux de prime abord. Mon avis importait peu, mais moi je voulais quitter cette terre sèche et cuivrée, qui vous colle aux chaussures comme de la poix dès qu'il tombe trois gouttes, et voir autre chose que des chênes verts à perte de vue. Je me suis dit qu'il fallait que je lève le camp, que je parte loin, qu'on ne puisse pas me retrouver. Que je disparaisse d'un seul coup, sans prévenir, qu'on ne cherche pas à me retenir par simple piété filiale ou par d'autres moyens. Je voulais voir du pays comme on dit, découvrir d'autres horizons que les rues du village, la place de la Constitution ou le bar *El Escudo*. Quand on est jeune, on croit bêtement que la liberté d'esprit est uniquement une liberté de mouvement, et que l'obtenir vous émancipe pour toujours du joug familial.

C'est mon copain Marco, le fils de l'épicier, qui m'a aidé. Je lui avais ouvert mon cœur un soir de déprime et j'avais par la suite disserté des nuits entières sur mon opposition à l'embrigadement, sur mes rêves de fuite. Je savais qu'il connaissait du monde : il traversait régulièrement le pays de part en part, avec son père, pour trouver de nouveaux fournisseurs. Je l'avais surnommé Marco Polo, tant il m'éblouissait avec ses récits de voyage : il connaissait les Asturies et la Galice, la côte méditerranéenne, Madrid. Les samedis soir, quand nous nous retrouvions sur la place, il me décrivait toute l'Espagne, et même un peu de la France. Il avait « passé la frontière ». Je rêvais de larguer les amarres moi aussi, de découvrir un monde nouveau où je serais libre comme l'air et où, bien sûr, je ferais fortune pour pouvoir, dans mes vieux jours, revenir en héros. À mon frère de lait, Ezra, j'avais même proposé de venir avec moi, puisque lui non plus ne voulait pas faire le guignol pour Franco, mais il avait décliné mon offre, sans m'expliquer son choix, comme à l'accoutumée. Il ne parlait pas, ou si peu, que beaucoup le croyaient muet ou demeuré. J'étais persuadé qu'il comptait se faire réformer comme cinglé et de fait, moi-même, son seul et unique ami, son presque frère, je me demandais parfois s'il ne l'était pas.

Devant ma détermination, Marco Polo s'était renseigné pour moi à droite et à gauche auprès de son réseau d'amis et de connaissances. Sa proposition, un dimanche de printemps, fut bien au-delà de mes espérances. Il pouvait me faire traverser l'Espagne, la France et une bonne partie de l'Allemagne pour aller à Munich. Là-bas, un travail dans un hôtel m'attendrait. Un grand cabaret assez réputé où il suffirait de faire un peu de flamenco pour gagner de l'argent. Je lui avais bien répondu que je chantais comme un pied, mais il affirmait que ce n'était pas grave, que l'important était d'avoir une belle gueule d'Espagnol, que de toute façon les Allemands n'y entendaient rien au flamenco. Pour lui, je devais me contenter de brailler en rythme pour les satisfaire. Il assurait que mon succès viendrait de mes yeux luisants, de mes cheveux noir charbon, de ma maigreur de chat écorché et du cuivré de ma peau. Les grosses Prussiennes allaient m'adorer et, à l'entendre, j'aurais là-bas le succès que je n'avais pas eu le temps d'avoir ici. Toujours selon lui, il en allait de l'amour comme du reste, nul n'est prophète en son pays, et il le jurait sur sa vie : mon côté exotique déchaînerait les passions outre-Rhin.

Grâce à Dieu – et cela finissait de me rassurer – je ne partais pas seul, nous serions trois à faire partie de la troupe. Guzmán le guitariste, un grand type plutôt affable qu'on surnommait El Bueno comme le capitaine du même nom, et la vieille Pilar, l'âme de notre groupe, la seule à posséder le *duende*. Elle dansait et chantait depuis sa plus tendre enfance, et elle aurait la lourde tâche de m'apprendre le métier le long du chemin, je n'avais pas à me faire du mouron.

Je suis parti un matin, un an tout juste après le retour au village de la Tía Caya. Déjà à l'époque, son crime, son procès retentissant et sa relaxe lui avaient conféré un statut particulier, elle était devenue une sorte de célébrité locale. Je lui ai laissé une lettre pour le Père, je savais qu'elle saurait apaiser un tant soit peu sa fureur. J'avais aussi écrit un mot à Blanca, ma nourrice, en lui demandant de me pardonner de partir sans l'embrasser, et avoué que j'avais peur de ne plus avoir une once de courage si elle pleurait à cette annonce. Je l'assurais de mon amour éternel et je lui confiais entièrement Ezra qui avait encore tant besoin d'elle. J'avais accompagné mon message d'un cadeau : un moulin à vent en bois que j'avais fabriqué selon ses vœux, pour poser sur le rebord de sa fenêtre afin de savoir, au jour le jour, si elle devait se couvrir la tête avant d'aller faire ses courses. J'avais promis de revenir avant qu'il ne soit trop usé.

Au début du voyage, j'ai été, malgré quelques remords vite dissipés, vraiment heureux. La route était belle, personne ne parlait dans le bus, je pouvais me concentrer sur le paysage. Par la fenêtre j'admirais la mosaïque colorée des champs. Le jaune vif de l'herbe brûlée par les frimas collait au chocolat gras des terres labourées, au vert acide des blés d'hiver. Les murets de pierres sèches venaient ourler les parcelles pour les contenir, on sentait partout la main de l'homme sur l'œuvre de Dieu. Des lapins détalaient dans les fossés, des cigognes tendaient la jambe et le bec dans l'herbe verte qui commençait à s'épaissir. Même si je ne pouvais pas le sentir sur ma peau enfermée, je savais que se hâtait au ras du sol le vent de la Sierra, glacé d'avoir discuté avec la neige, loin là-bas sur les hauteurs. Je me disais que moi, Gonzalo, j'allais voyager encore plus loin, et qu'en Allemagne les montagnes seraient encore plus hautes, plus blanches, plus fortes. Même Marco Polo n'avait jamais vu les Alpes. J'avais hâte, mon âme entière trépignait d'impatience et, dans le silence relatif du bus, la tension interne de mon corps m'empêchait de somnoler comme Guzmán et Pilar, malgré la lourdeur de mes paupières. J'aurais voulu rouler plus vite, quitter plus rapidement cette Espagne qui n'avait plus rien à m'offrir sinon de jolis paysages, alors que m'attendaient, au-delà de ce monde connu, l'éblouissant et le majestueux.

Le bus nous a laissés à Canfranc, nous avons passé la frontière à pied, avec nos baluchons. Le passeur avait l'habitude, il savait quels sentiers prendre pour éviter les contrôles, nous n'avions pas de papiers. Il nous a accompagnés jusqu'au col du Somport, en France. C'était déjà la liberté, du moins je le croyais. La féerie a continué, nous avons voyagé plusieurs jours sans encombre pour arriver à Munich. Nous dormions dans des petits hôtels sans nom, où les gens nous regardaient comme des voleurs de poules, même si nous nous présentions comme une troupe de musiciens. Pilar m'apprenait le flamenco le soir dans la chambre, et ça me plaisait. El Bueno nous accompagnait à la guitare, la clope au bec, avec un air inspiré. Au bout de quelques jours seulement, ça ressemblait à quelque chose, je devais quand même avoir ça dans le sang, comme tous les natifs d'Estrémadure. J'avais juste du mal à retenir les paroles, mais Pilar disait que ce n'était pas grave : elle m'apprenait à mâchonner correctement, El Bueno grattait alors un peu plus fort et ça faisait toujours un bel effet. J'ai longtemps regretté ces soirées de saltimbanques, dans des chambres tristes aux vitres embuées et aux papiers peints fanés. Il me semblait que pour illuminer la misère, nous avions emporté avec nous un peu de notre soleil, celui de juillet qui nous avait tellement grillé la peau qu'il rayonnait à présent hors de nous et qu'il nous réchauffait encore. Quoi qu'il en soit, en arrivant à Munich, j'étais fin prêt.

L'Allemagne, ce fut une bonne expérience. Nous avions une chambre pour nous trois, et un peu de temps libre les après-midi. Nous allions nous promener dans les rues et les parcs, les gens étaient gentils. Le soir, avant le spectacle, Pilar réchauffait un peu de café et nous mangions des viennoiseries achetées en ville qui sentaient la cannelle et qui ne ressemblaient en rien aux nôtres.

Nous avions presque imaginé nous installer ici, louer un appartement un peu plus grand, mais le patron, après la saison, a décidé de changer la carte des vins et les animations : nous avons été remplacés par des violons tziganes.

Je ne voulais pas rentrer au pays, je gagnais en Allemagne bien plus qu'au village et je n'étais pas contre voyager d'un boulot à un autre : ma soif d'ailleurs n'était pas étanchée. Je craignais les foudres du Père aussi, je savais que sa colère serait tenace et que ma fuite nécessiterait une bonne dizaine d'années avant d'être pardonnée, si tant est qu'elle le soit un jour. Et, malheureusement, il fallait bien plus qu'une année à l'armée de Franco pour cesser de me traquer.

Nous avions trois semaines pour dégager, Guzmán a proposé un soir de s'installer en France, pas loin de la frontière italienne, du côté de Nice. Il promettait qu'on pourrait bosser là-bas, comme maçons, il avait une bonne adresse, un cousin sur place. Pilar trouverait certainement un peu de ménage. El Bueno disait aussi que rien ne nous empêcherait de proposer le spectacle de flamenco à des restaurants du coin, le week-end, pour arrondir les fins de mois. On pouvait même imaginer se produire dans la rue, aux endroits de passage. En bordure de mer, sur la Riviera, il y avait du soleil, des palmiers, des touristes et du potentiel. Pilar a fini par se laisser convaincre, de toute façon nous n'avions pas d'autre solution et moi j'étais partant pour tout, la France ou l'Allemagne ça restait toujours l'étranger.

Je me suis fait coincer à Lyon, dans le train, par un contrôle douanier de routine. Je m'étais endormi, je ne les ai pas vus arriver. Je n'avais toujours pas de papiers. Au commissariat, j'ai attendu une demi-journée qu'on me trouve un traducteur. Je comprenais quelques mots, mais je faisais le crétin, pour me laisser un peu plus de temps pour réfléchir. Le traducteur assermenté était originaire de Zamora, ça nous a rapprochés. Il s'appelait Cayetano comme la Tía, et cette similitude de prénom ajoutait à la confiance que je lui portais. J'entendais aussi qu'il traduisait un peu plus que ce qu'il aurait dû, et surtout il donnait son avis sur ce que je devais répondre sur le même ton, en choisissant des mots différents, plus sophistiqués : l'inspecteur, en face, n'y voyait que du feu. À la fin de la garde à vue, Cayetano m'a rapidement fait comprendre que je n'avais que deux choix possibles : le retour au pays et la remise aux autorités, ou l'engagement dans la Légion étrangère, une bonne expérience selon lui, qui me permettrait a minima d'avoir des papiers pour arrêter de me cacher comme un bandit. Je ne savais pas si Pilar et Guzmán avaient réussi à s'enfuir, nous ne voyagions pas dans le même wagon afin de ne pas attirer l'attention. Demander de leurs nouvelles aurait été les dénoncer, je me sentais seul et perdu.

Se retrouver à la Légion, pour un gars qui ne voulait pas faire son service militaire, c'était vraiment couillon, mais j'ai fini par accepter parce que Cayetano m'avait susurré en vitesse à la machine à café alors que nous étions seuls pour quelques minutes :

« Signe, Gonzalo, signe. Tu vas où on t'emmène, et quand tout le monde est calmé, tu désertes et tu prends un bateau pour l'Amérique latine, tu disparais pour toujours. Signe, mon gars, tu n'as pas le choix, sinon c'est la prison de Franco. »

J'ai signé, mais je n'ai jamais pris le bateau, parce que contre toute attente, je me suis trouvé bien à la Légion. Les Képis blancs, c'était un peu comme une famille avec des codes rigides, mais je découvrais, subitement, le plaisir de n'être plus inquiet, d'avoir une légitimité. Au-delà, je jouissais aussi de la paresse de n'être plus obligé de penser : on me disait ce que je devais faire, boire ou manger, quand dormir et quand me rouler dans la boue, quand marcher et surtout quand me taire. Et puis, question voyages, j'étais servi, nous étions toujours en mouvement.

Dès le premier jour, j'ai été baptisé « Gros Salaud » : c'est ce que mes compagnons de chambrée avaient compris à la première écoute, quand j'avais prononcé mon prénom. Ils avaient hurlé de rire, ces abrutis, et ça m'avait rendu triste quand j'avais saisi le jeu de mots, qu'un type de Málaga m'avait traduit. Avec le temps, la tristesse avait cédé la place à l'habitude, j'avais fini par m'y faire.

Le deuxième jour, j'ai balafré un première classe qui voulait m'enculer sous la douche. J'étais maigre mais teigneux et la peur m'avait donné une force surnaturelle. Le gros Rodolphe, je lui ai ouvert la joue avec mon rasoir.

J'ai écopé des mesures disciplinaires, mais gagné le respect des autres. C'étaient tous des tueurs, avec un code d'honneur assez simple, qui ressemblait presque trait pour trait à celui des mafieux : il fallait d'emblée choisir son camp, celui des hommes, des mi-hommes ou celui des oies. Avec mon coup de rasoir, j'avais signé pour le camp des forts, le camp de ceux qui décident de leur sort, et qui ne se laissent pas violer sous la douche. Le message était passé, fort et clair.

À la Légion, j'ai appris le français, j'ai appris à le lire, à l'écrire. Je me sentais moins étranger. Je suis même devenu, en quelques années, un bon Français. Du moins je le pensais. Je gagnais en liberté aussi, les missions m'emportaient aux quatre coins de la France et en Afrique la plupart du temps. Il n'y avait pas de place pour l'ennui, j'apprenais, je découvrais. Le monde s'ouvrait à moi, même si ce n'était pas vraiment ainsi que j'avais imaginé le conquérir. Je notais mes missions, mes voyages, mes découvertes sur de grands cahiers, je dessinais grossièrement des visages, je collais des photos, des petites images, des souvenirs. Ma faim de culture et d'ailleurs se trouvait enfin rassasiée, et j'étais heureux à la fin d'une mission de rentrer en France, *chez moi.*

C'est à Toulouse que j'ai rencontré Fanfan. Une Guadeloupéenne d'un an mon aînée qui m'avait regardé comme une pâtisserie, et embrassé de ses grosses lèvres rouges au bal du Nouvel An du régiment. Dès le premier slow où elle m'avait attiré presque contre ma volonté, elle s'était plaquée contre moi et ne m'avait plus lâché.

Elle m'avait ensuite entraîné derrière la caserne, sous le prétexte fallacieux de regarder les étoiles, pour me faire une fellation qui m'avait laissé épuisé et amoureux. Dès que j'avais pu, je m'étais installé avec elle dans un petit deux-pièces alloué par l'armée. Elle s'occupait de moi, en me faisant la bouffe et l'amour, et ma vie avait radicalement changé. Elle était, au début de notre relation, plus que joviale, jamais avare de son grand rire franc et massif. Elle parlait du matin au soir et du soir au matin, en se moquant de moi et de mes origines, de ma tête de petit Blanc, de ma maigreur de chien galeux. C'était tellement drôle de me faire traiter de petit Blanc, alors qu'habituellement on me prenait pour un Arabe. Quand elle ne parlait pas, elle chantait, l'appartement bruissait toujours de joie et le soleil y entrait plus qu'ailleurs.

La nuit, quand je l'avais aimée pendant des heures, elle me prenait alors contre elle, et je posais ma tête sur ses énormes seins pour respirer son odeur d'épices qu'elle teintait de coco ou de vanille selon ses envies. Elle me chantait des berceuses de son île natale dans un créole mâtiné de dialectes locaux, d'une voix rocailleuse et sensuelle. Je croyais m'endormir à Cuba ou à Saint-Domingue dans les bras de Cesária Évora.

Je l'aimais comme un fou. Nous étions si différents, tout nous séparait et pourtant nous formions une entité solide faite de tendresse et d'amour. Je rentrais en courant de mission, je savais que je la trouverais dans son fauteuil, à s'éventer paresseusement, qu'elle me sourirait de ses dents éclatantes et qu'elle me dirait comme à l'accoutumée : « Te voilà enfin, méchant petit Blanc ! Pourquoi m'as-tu laissée seule si longtemps ? »

Et puis les années étaient passées, peut-être plus vite pour Fanfan que pour moi, du fait de son inactivité. Sans que j'en prenne conscience au début, elle avait commencé à s'aigrir. Elle mangeait de plus en plus, des pâtisseries et des currys bien gras, elle s'était mise à gonfler. Elle glissait dans une grande indolence, ne faisait plus qu'épisodiquement le ménage et il n'était pas rare que je rentre le soir et la trouve endormie devant la télévision, au milieu des boîtes de gâteaux vides. J'avais tenté de la sortir de cette torpeur, je lui avais proposé de faire du sport avec moi, de voir des médecins, des gens qui l'aideraient. Mais elle refusait tout ce que je lui proposais, elle n'avait pas conscience de ses difficultés, de la profondeur du changement de son caractère. Elle avait réponse à tout. Elle grossissait ? Oui, elle faisait des « grossesses nerveuses » puisque je n'étais pas capable de lui faire un enfant. Elle avait le caractère difficile ? C'était sa thyroïde qui ne marchait pas bien, il lui manquait de l'iode, je devais l'emmener à la mer, et c'était ma faute puisque je ne l'emmenais plus nulle part, que je ne la sortais plus.

Je ne disais rien, car chaque remarque, même dite avec la plus grande prudence et la plus grande douceur, déclenchait une litanie de reproches. Tout son malheur venait du manque d'attention dont je faisais preuve, du manque d'amour que j'avais pour elle. Impuissant à combler le puits sans fond des déficiences qu'elle m'attribuait, à modérer ses lamentations, j'acceptais toutes les missions qui m'éloignaient d'elle. Lorsque j'étais à la caserne, je rentrais le plus tard possible et je ne la réveillais plus en rentrant. Je me couchais sans bruit et la sentais dans la nuit se retourner régulièrement dans un concert de soupirs et de gémissements qui me mettaient hors de moi.

Plus tard, elle s'est mise à boire. Avec l'alcool, les choses ont empiré : elle est devenue vindicative, colérique. Elle me hurlait sans cesse ses récriminations, je rentrais la tête dans les épaules, et je me contenais, la mâchoire serrée sur ma fureur. Je finissais toujours par sortir, pour ne pas laisser venir à l'air libre la rage qui m'oppressait. Je n'avais pas le courage de la quitter, par paresse ou par nostalgie des premières années de bonheur passées avec elle. Par reconnaissance, peut-être.

Je ne la touchais plus. Je couchais avec sa nièce Marie-Té, une fille mariée à une petite frappe du milieu toulousain. Comme son homme passait six mois par an en prison pour des petits délits, elle avait un peu de temps libre. Elle était belle, noire comme la nuit, fine comme un roseau, mais il y avait en elle quelque chose d'usé, de vulgaire qui me retenait d'en tomber amoureux. Je savais surtout que j'étais loin d'être le seul à profiter de ses charmes : Marie-Té aimait quand on l'aimait. Lorsqu'elle était occupée ailleurs, elle diligentait des amies à elle, des copines pas trop farouches qui n'étaient pas contre se taper le petit Blanc. J'avais la réputation d'être propre et courtois, il n'en fallait pas plus pour avoir un certain succès. Cette sexualité sans âme ne me satisfaisait pas et, certains jours, il me semblait même qu'elle ajoutait à mon spleen quotidien.

Le plus difficile restait le dimanche. Heureusement, il y avait Chico, mon chien, un magnifique berger allemand que j'avais dressé moi-même. C'était une bête extraordinaire, d'une intelligence hors norme. Le sortir m'évitait de passer l'après-midi en tête à tête avec Fanfan, j'avais remarqué qu'elle était particulièrement agressive ces après-midi-là. Elle commençait à boire vers quinze heures et le vin la calmait un peu, puis l'endormait. Il suffisait d'attendre, de ne pas faire trop de bruit en rentrant, et j'avais parfois la chance de pouvoir lire tranquille en buvant une petite mousse, pendant qu'elle cuvait dans son grand fauteuil à bascule. Une seule chose pouvait la sortir du sommeil : le bruit de la porte du frigo. Elle gardait, même saoule à ne plus pouvoir tenir debout, une oreille de chauve-souris pour ce petit bruit de caoutchouc. J'avais été plus malin : pour éviter de la réveiller et l'entendre à nouveau se plaindre et m'injurier, j'avais négocié une place pour mes bières dans le frigo d'Abdel, le voisin de palier. Il avait l'autorisation de m'en piquer une ou deux de temps en temps, en échange. Je franchissais régulièrement la ligne de démarcation pour m'asseoir avec lui sur son canapé de supporteur du Stade toulousain, ouvrir ma canette et soupirer intérieurement.

C'est un de ces dimanches mornes, où je tournais en rond, que j'ai eu l'idée d'écrire à la Tía Caya. J'éprouvais une telle solitude, une telle mélancolie, je me suis dit que ça me ferait du bien de revoir la famille, qu'il fallait vraiment que je passe au-dessus de ma honte et que j'ose reprendre contact avec elle. Je me sentais le mauvais fils, celui dont on ne parle jamais parce que son seul souvenir vous transperce le cœur de douleur. Plus de quinze ans après, j'avais encore peur du Père. Je savais que s'il avait digéré mon départ, il ne me pardonnait certainement pas de ne pas avoir pris de nouvelles depuis tout ce temps. J'avais souvent pensé en donner, à lui, à Blanca, à Ezra, à tous ceux que j'avais abandonnés, mais je n'en avais jamais eu le courage. Plus tard, c'est la culpabilité qui m'avait empêché. Comment justifier mon absence, ma négligence, mon silence, alors que je les avais tant aimés ? Chaque jour qui passait ajoutait à ma lâcheté et me ligotait dans mon indignité. Je finissais toujours par penser qu'il était trop tard.

Aujourd'hui, j'ai enfin eu le courage qui m'avait manqué jusqu'alors. J'ai regardé le ciel bleu par-dessus les toits et je me suis dit que là-bas, *chez moi*, il devait être encore plus beau. J'ai pris la fameuse feuille blanche de vélin surfin et j'ai commencé. Les mots sont venus. Au début, un à un, avec difficulté, puis rapidement j'ai ouvert les vannes.

La Tía Caya

J'ai reçu une lettre de Gonzalo ce matin, une grande lettre de plusieurs pages. Elle m'a agitée, elle m'a bouleversée. Il faut que je me calme. Que je range la maison, que je nettoie la cuisine. Il faut que je fasse les choses les unes après les autres, par étapes. Il n'y a que ça qui m'apaise, faire des choses banales. Repasser. Prendre le temps de bien poser le chemisier sur la table et de faire glisser le fer doucement avec la main gauche, pendant que la main droite prépare le terrain, lisse les plis et tire sur les côtés. Sergio, le psychiatre, a dit que c'était bien, qu'il fallait que je fasse comme cela, pour défroisser aussi mon esprit, ne pas accumuler trop d'angoisses. Je le déteste, Sergio. Il est mou comme une limace, il me donne l'impression de baver et de laisser une trace derrière lui. J'ai du mal à lui parler, il ne me convient pas. Quand nous sommes seuls tous les deux, j'essaye de dire ce qu'il a envie d'entendre, mais derrière son apathie de mollusque, je sens qu'il n'est pas dupe, il y a quelque chose d'intelligent dans son œil. C'est une limace avec un œil de faucon.

Gonzalo, je ne peux pas l'ôter de ma tête, même quand je m'occupe les mains. Au contraire. Je crois le revoir endormi, avec son visage d'enfant, ses beaux yeux, son sourire si charmant. Il y a ses épaules, qui font des petites vagues quand il bouge, agité par la fièvre. C'est moi qui le surveillais, qui lui donnais à boire, quand Blanca m'appelait parce qu'elle avait peur, qu'il était trop malade. J'aimais tellement cet enfant. Le passé et le présent, tout se confond dans ma tête. J'ai l'impression qu'il a encore une dizaine d'années alors que c'est un homme qui m'écrit.

Je suis la seule à vivre ici, sur le chemin de la carrière. Il y a toujours le vent, qui souffle si fort que lorsqu'on parle seul, il emporte vos mots au loin avant qu'on ait pu les entendre. Il les disperse pour qu'ils ne veuillent plus rien dire, pour nous rendre encore plus fous que nous sommes. Il y a des pierres rongées de lichens et des tamaris maigrelets que les bourrasques agitent comme des pantins disloqués. Les jours où il s'apaise un peu, ce maudit vent, je vais au village, pour quelques courses. J'entasse. J'aime bien. Dans la cave, j'ai de quoi tenir plus de six mois, même à deux. Des pommes de terre, de l'huile, du sucre, des conserves. Je passe l'été à amasser, je porte tout ce que j'achète dans un panier en osier, et je rentre à pied. Ça aussi, ça me rassure. Le bois, c'est Adelmo qui me l'apporte, je le paye trop cher mais c'est du bon bois qui chauffe bien. J'en ai pris trop cette année, il me l'a dit : « Doña Cayetana, vous avez de quoi vous chauffer pour quatre ans. » J'aime bien Adelmo. C'est un des rares qui ne me regardent pas de travers, à qui je ne fais pas peur. Ils ont peur à cause du Monstre. Je l'appelle comme ça, je ne veux plus le nommer par son vrai prénom, celui de l'archange, ce serait blasphémer.

Un jour, j'ai invité le Monstre chez moi, sous prétexte de faire la paix, de lui parler à nouveau. Il était méfiant, mais quand je suis allée chez lui, j'ai souri, toute miel et marmelade. Il a accepté. Je lui ai préparé un bon repas, tout ce dont il raffole : de la morcilla, des filets de morue grillés, des poivrons de Padrón, du lard bien blanc en fines tranches. J'ai mis la nappe des jours de fête. Il était content, le Monstre, il aime bien manger. Tous les vieux aiment manger. J'ai passé les plats les uns après les autres, il s'est resservi plusieurs fois, il est devenu couleur brique, ses grains de beauté ont viré au violet, le bord de ses yeux au rouge, sa lèvre inférieure pendante laissait voir le jaune de ses incisives. Des vieilles dents de vieux Monstre. Il était vraiment horrible. J'ai eu peur qu'il ne fasse un infarctus. Il a trouvé mon vin mauvais et il a soliloqué sur le rioja qui n'avait plus la splendeur du passé, sans savoir que le goût amer venait des somnifères que j'avais dilués dedans. Une dose à assommer un Monstre. Au dessert, quand il ne tenait déjà presque plus debout, je lui ai proposé de faire la sieste sur mon lit. Il a tiqué, je l'ai vu, j'ai eu peur. Il devait se demander à quoi il devait ma gentillesse soudaine, et s'il n'y avait pas un piège derrière tout ça, il cherchait mon regard pour y déceler de la rouerie. Il est finalement allé s'allonger, il titubait, il avait trop bu pour avoir assez de discernement, pour percevoir le glacé de mon œil. Une fois qu'il a été profondément endormi, j'ai anesthésié localement, il a juste bougé un peu pendant son sommeil, comme si un moustique l'avait piqué. Il ronflait si fort que je n'avais aucun doute sur son état de conscience. Je lui ai coupé le sexe et les testicules, toutes ces choses avec lesquelles il m'avait martyrisée.

J'ai fait ça proprement, ce n'était pas beaucoup plus compliqué que pour les cochons dans mon enfance. J'ai posé une sonde urinaire que j'ai laissée en place et j'ai recousu avec un magnifique surjet. J'ai tout nettoyé et j'ai jeté ce que j'avais ôté dans le feu, je ne voulais pas prendre le risque qu'on le lui remette. Après je l'ai laissé dormir et je suis allée à la police, j'ai demandé à voir Telmo puisque c'est le plus gradé et j'ai dit ce que j'avais fait, calmement, les mains posées à plat sur mes cuisses. J'étais tranquille, je souriais. J'ai dit qu'il fallait aller le chercher, qu'il aurait mal en se réveillant. Ils sont allés avec la grosse voiture et le gyrophare, ils ont vu que c'était vrai.

Gonzalo, lui, il est beau. C'est un gentil garçon, rêveur, et qui aime tellement qu'on lui raconte des histoires. Il veut que je parle à son père, que je tâte le terrain pour voir s'il accepterait de lui parler à nouveau. Il ne sait pas que Máximiliano l'attend désespérément depuis toutes ces années. Que ses yeux sont devenus transparents d'avoir trop pleuré le départ de son fils. Que ce n'est pas la colère qui le dévore, mais la peine.

Mon problème, c'est qu'il n'y a pas que Gonzalo dont je dois m'occuper. Il y a le terroriste aussi. Il est arrivé il y a deux jours, il était blessé. Il a mis du sang partout sur le chemin. Il a frappé à ma porte. Ou plutôt, il s'est effondré sur ma porte.

J'ai tiré l'homme à l'intérieur. Il gisait sur le sol froid, à respirer avec difficulté. Il a dit que je ne devais pas avoir peur, qu'il partirait dès qu'il le pourrait. Il avait un fort accent. Ensuite il est tombé dans les pommes. Il n'a pas eu le temps de dire son nom. J'ai trouvé que Souleiman ça lui allait bien, alors je l'appelle comme ça, parce que j'ai eu le temps de voir que c'était un Maure.

Je l'ai laissé sur le carrelage, il était trop lourd pour que je puisse le traîner sur le lit. J'ai juste mis une couverture sur lui pour qu'il ne claque plus des dents. Il avait un trou béant dans la cuisse : un mélange tout rouge et poisseux de sang séché et frais. Je me suis assise sur le banc et je l'ai regardé respirer faiblement. Peut-être qu'il allait mourir. J'aurais bien voulu. J'aurais appelé Telmo au téléphone, ils seraient peut-être même venus le chercher avec l'hélicoptère. J'adore l'hélicoptère. Son bruit me donne des frissons. J'aime surtout la façon dont il baisse le nez quand il va partir, comme s'il reniflait une dernière fois la terre avant de filer dans les airs.

L'hélicoptère, il est passé à ce moment-là justement. Plusieurs fois, j'ai couru à la fenêtre. Ils devaient le poursuivre. Ils cherchaient l'animal blessé, comme des vautours. Mais tout était bien propre, le vent avait roulé le sang, l'avait emballé dans la poussière du chemin et jeté au fossé. Plus tard, j'ai entendu des chiens aboyer loin vers le village, mais ils sont restés là-bas. Personne n'a pensé qu'il avait eu la force de se traîner jusqu'ici, mais Souleiman est robuste, avec des cuisses comme des jambons.

J'ai fini par revenir le voir, il avait les cheveux très noirs et une fossette sur la joue droite. Des lèvres charnues et blanches, parce qu'il avait perdu beaucoup de sang, mais qui devaient être bien rouges d'habitude, des lèvres faites pour embrasser. Je me suis demandé combien de femmes avait déjà embrassées Souleiman, avant qu'il ne vienne mourir dans ma cuisine. Juste après, il a grogné un peu, la douleur l'a réveillé. Il me regardait sans rien dire avec des yeux vides. Il n'avait plus de conscience réelle des choses. Il a quand même tenté de prendre appui sur son bras gauche. J'ai dit : « Il faut vous lever, il faut aller jusque sur le lit. » Je l'ai tiré par le bras, il a hurlé de douleur. Il avait aussi un trou à l'épaule droite. Plus petit, mais qui s'est mis à saigner lui aussi, d'un beau sang bien rouge. Ils l'avaient truffé de plomb comme un lapin. J'ai pris l'autre bras et j'ai essayé à nouveau de le traîner. Il m'a aidée, on a réussi à avancer de quelques mètres. Puis plus rien. Je me suis mise à crier : « Tu vas te lever maintenant ! — Oui », il a dit. Il l'a fait, à moitié, il rampait. Il a dit : « Je m'en vais. » Je l'ai poussé et tiré vers la chambre, il beuglait comme un veau qu'on mène à l'abattoir. « Tu partiras demain », j'ai répété deux ou trois fois. Ça le motivait, il avançait un peu. Il a réussi à monter sur le lit, à plat ventre. Pour le retourner je n'avais plus besoin de lui. Je ne l'ai pas fait tout de suite. Je suis allée chercher mes ciseaux et j'ai découpé les habits, méthodiquement. Petit bout par petit bout. C'était excitant d'enlever les épaisseurs mouillées et sales et de découvrir la peau dessous. Le dos, les fesses, les jambes. Le trou était là encore, avec la balle dedans. Elle avait traversé la cuisse, mais on la voyait pointer un peu le bout de son nez. Je suis allée chercher ma boîte d'instruments. Ça m'a fait bizarre d'ouvrir le couvercle et de retrouver les pinces, les ciseaux à bouts pointus, bien rangés et brillants sur leur lit de gaze. Du fil fin pour suture et de la Xylocaïne périmée. Ce n'étaient pas les mêmes instruments que pour le Monstre, ils me les ont confisqués comme pièces à conviction. Ceux-là, je les ai rachetés au marché noir à Badajoz, personne ne sait que je les ai. J'ai aussi deux belles seringues en verre, qui coulissent à la perfection, rien à voir avec le plastique jetable de maintenant. J'ai pris mon temps, j'ai enlevé la balle et j'ai nettoyé la plaie. Il était dans les vapes, il ne sentait rien, il ne bougeait plus du tout.

Je me suis demandé s'il fallait recoudre. C'était peut-être mieux de ne pas le faire, que ça puisse suinter tranquille, maintenant que ça ne saignait plus, comme pour les morsures de chien. Le trou, une fois nettoyé, semblait beaucoup moins impressionnant. Je l'ai lavé au gant de toilette et à l'eau chaude. Le sang séché se diluait dans la bassine, j'ai changé plusieurs fois l'eau. Je l'ai retourné et j'ai fait le devant. Pour l'épaule, j'ai eu beau trifouiller avec ma pince, je n'ai pas trouvé la balle. Elle avait dû ressortir.

Il y avait son sexe. Très gros, qui reposait, à cheval sur ses cuisses. Un drôle de sexe. Circoncis. C'est ça. C'est pour ça que je le trouvais bizarre. Je n'aime pas les sexes d'homme. Je n'aime pas quand ils pendent, là, bêtement, je n'aime pas non plus quand ils sont dressés et turgescents. Ils me font peur. Ici, c'était supportable à cause de la circoncision, qui lui laissait un gland bien franc, comme un champignon. Cependant, ils lui avaient fait ça comme des sagouins, les cicatrices étaient bien trop visibles. J'ai pensé : *J'aurais fait mieux*, et ça m'a fait sourire.

Je l'ai lavé, ce sexe, lui aussi était rouge. Le mien, de sang, je me suis aperçue qu'il bouillonnait. Ça me tapait aux oreilles. Je respirais trop vite, j'avais la sensation de manquer d'air. J'aurais voulu prendre sa verge dans ma main, la caresser jusqu'à ce qu'elle entre en érection, dure et douce, élastique et ferme. Ma main semblait petite à côté, et pourtant j'ai de grandes mains. Je sentais l'odeur de son sexe. C'était un mélange d'urine et de sperme peut-être. J'aimais bien le penser, même si je savais que dans l'état où il était, sa dernière éjaculation devait remonter à longtemps. Son corps entier sentait le sable, le sel marin, le cumin, la coriandre. Ça aussi je savais que c'était faux, que c'était mon imagination qui parlait. J'ai toujours trop d'imagination. Sergio, le psychiatre, le dit tout le temps. Il ne faut pas me laisser envahir, après je ne vois plus les choses comme elles sont réellement. En vrai, Souleiman devait sentir la boue, la sueur, la peur et le fer.

Je me suis calmée à la longue, à force de nettoyer, de faire le ménage de son corps. J'ai écrasé des comprimés d'antibiotiques et j'en ai saupoudré les plaies. Pour lui en faire avaler un peu, j'ai réussi à le faire boire en lui relevant la tête. Après, je me suis couchée à côté de lui. Je me suis endormie tout de suite, il devait être tard.

Quand je me suis réveillée, le terroriste dormait calmement, il respirait toujours.

Je suis allée voir Máximiliano, j'ai couru au village, je suis arrivée toute transpirante. Je suis allée directement chez mon frère, sans passer par l'épicerie comme à mon habitude. Il buvait le café devant la télévision qui braillait à tue-tête, il ne m'a pas entendue soulever son rideau de lourd coton, à motif de Don Quichotte, que Blanca lui a cousu pour éviter les mouches. J'ai éteint la télé d'autorité et j'ai dit de but en blanc :

« Máxi, ton fils m'a écrit. Il veut que tu lui pardonnes, il croit que tu es encore en colère. Appelle-le. Si tu t'y prends bien, si tu lui parles avec tendresse, Gonzalo rentrera avant peu. »

Il m'a regardée fixement, j'ai eu l'impression que ces yeux se recoloraient. J'ai laissé le numéro de téléphone, et je suis vite partie. Je n'avais pas besoin d'en dire plus. Máxi me fait toujours confiance. Même pour le Monstre, il n'avait rien demandé, alors que c'était quand même son grand-père, à lui aussi. Je savais qu'il appellerait Gonzalo avant même que j'aie franchi la rue qui mène au pont.

À mon retour, le terroriste avait l'air d'aller beaucoup mieux, même s'il avait de la fièvre. J'étais un peu inquiète. Il parlait en arabe dans ses délires et il finissait ses phrases par « partir ». Je répondais toujours : « Oui, quand vous irez mieux. » J'ai essayé de ne pas trop rester dans la chambre, ma présence l'agitait.

J'ai fait mon ménage en laissant la porte ouverte pour qu'il puisse m'appeler s'il avait besoin de quelque chose, ou que je l'entende s'il grognait parce qu'il avait mal. C'est en ouvrant la fenêtre de la grande pièce pour aérer que j'ai vu Simona sur le chemin. Je l'avais oubliée celle-là. Elle me faisait parfois la surprise de venir. Je déteste les surprises, elles ajoutent à mon angoisse. J'ai paniqué. J'ai couru fermer la porte de la chambre. Pourquoi venait-elle aujourd'hui ? Un hasard ? Oui, le hasard, il ne faut pas voir le mal partout. Il fallait que je me calme, pour ne pas éveiller ses soupçons. Faire comme si je n'étais pas importunée par sa visite. Il lui avait fallu un temps infini pour venir de son village, de l'autre côté de la rivière. J'ai mis l'eau à chauffer dans la bouilloire et sorti des madeleines. J'ai ouvert la porte avant qu'elle ne frappe. Je ne voulais pas qu'elle réveille Souleiman.

« Bonjour, Simona. Quel courage de venir par ce vent.

— Bonjour, Cayetana. Je suis morte de fatigue. Bientôt je serai trop vieille pour venir te voir.

— Tu ne devrais pas. Tu pourrais seulement m'appeler au téléphone.

— C'est bon pour ma santé, encore. Mais tu es trop loin de tout, je m'inquiète pour toi.

— Je suis bien ici. J'ai choisi. »

Je mourais d'envie de lui demander si elle savait quelque chose à propos du terroriste, mais je ne pouvais pas le faire, je ne m'intéressais à rien d'habitude, j'aurais sûrement éveillé ses soupçons.

Elle parlait à tort et à travers, m'abreuvait de conseils en buvant son café. Je n'écoutais rien, j'étais juste préoccupée par la présence de l'homme dans la chambre. J'avais peur qu'il appelle. Je priais pour qu'il dorme, je savais qu'elle ne resterait pas longtemps. Elle vient me voir juste pour pouvoir raconter à la supérette qu'elle va chez la meurtrière. J'ai gagné ce grade quand le Monstre s'est tiré une balle dans la tête. Il ne supportait plus qu'on l'appelle l'eunuque. Il ne supportait pas de ne plus être un homme, lui qui ne l'avait jamais été.

Après une bonne demi-heure d'un monologue abrutissant elle a fini par dire : « Il faut que je rentre chez moi. La nuit tombe vite. »

J'ai attendu de la voir disparaître derrière les tamaris pour oser retourner dans la chambre. Il n'avait pas bougé. Il dormait, tranquille.

J'ai rangé la cuisine, et j'ai pris mes découpages pour aller travailler un peu auprès de lui. Je découpe des papiers de couleur pour les coller ensuite sur une feuille et composer des tableaux. Des paysages. J'ai appris ça en prison, pendant la préventive. C'est vraiment apaisant.

Quand il s'est réveillé, vers vingt heures, j'ai un peu parlé.

« Il faut manger, reprendre des forces. Vous avez perdu beaucoup de sang. J'ai de la soupe. »

Il s'est hissé avec peine sur l'oreiller, il ne pouvait pas faire grand-chose de plus.

« Je vais vous donner à manger, vous ne pouvez pas encore vous débrouiller tout seul.

— Débrouiller ?

— Manger avec la cuillère, lever le bras. Je vais vous aider. »

J'ai glissé les cuillerées une à une dans sa bouche. Il a englouti le bol.

« Dans mon pays, il y a beaucoup de palmiers.

— Vous venez d'où ?

— D'Algérie. Vous connaissez ?

— Non.

— C'est beau, il y a la mer, et des montagnes aussi. Moi, je viens de la vallée du Mzab, de Ghardaïa dans le nord du Sahara. »

J'ai souri. Voilà qu'il en était déjà à me vanter son pays comme si je pouvais y aller demain faire du tourisme.

« Bientôt vous irez mieux, vous pourrez repartir.

Maintenant, il faut dormir encore. Il est tard. Peut-être que demain vous pourrez vous lever un peu et faire votre toilette vous-même.

— Vous m'avez lavé ?

— Oui. »

Il a rougi.

Je suis retournée dans la cuisine, je me suis sentie tout à coup aussi embarrassée que lui. J'avais peur qu'il imagine le plaisir que j'avais pris à le toucher, à tenir son sexe dans ma main. J'ai attendu qu'il dorme pour venir m'allonger à côté de lui. J'ai eu un mal de chien à m'endormir. Son odeur me parvenait comme une gifle.

Le lendemain matin, c'était vendredi, et j'ai oublié le rendez-vous de dix heures avec Telmo au téléphone. Il ne faut pas oublier les choses normales. C'est lui qui m'a appelée.

« Bonjour, Cayetana. Tu vas bien ? Je m'inquiète, il est déjà onze heures.

— Excuse-moi, j'ai oublié le téléphone. J'avais des choses à faire.

— Qu'est-ce que tu avais à faire avec un vent pareil ? Même nous, au village, nous sortons le moins possible.

— J'ai toujours mille choses à faire, je ne m'ennuie jamais, tu le sais. Je perds un peu la notion du temps, mais ça me fait du bien.

— Tu sais que je me fais du souci pour toi. Rester toute seule, ce n'est pas une bonne idée, tu devrais revenir chez ton frère.

— Simona m'a dit la même chose hier, je me demande ce que vous avez tous avec ma solitude.

— Simona ? Tu as vu Simona ? »

J'ai eu l'impression d'avoir dit une bêtise. Il n'a pas parlé pendant quelques minutes. Mais je me fais trop d'idées peut-être, c'est seulement le téléphone qui passe mal.

« Tu prends bien ton traitement ?

— Qu'est-ce que mon traitement vient faire là-dedans ? Pourquoi me demandes-tu ça ?

— Comme ça. Qui as-tu vu d'autre depuis vendredi dernier ? »

Il veut savoir si j'ai vu le terroriste ! C'est ça qui l'intéresse. C'est pour ça qu'il me pose toutes ces questions. Il faut que je fasse plus attention.

« Personne. À part elle, qui viendrait me voir ? Tu sais bien que je fais peur à tout le monde.

— Moi je viendrai te voir, cet après-midi, avec Sergio.

— Je n'ai pas besoin de voir ton foutu psychiatre. Je vais bien, Telmo. Je ne suis pas folle, tu me l'as dit. Je me suis juste vengée de ce Monstre qui m'a volé ma vie entière.

— Nous viendrons quand même Cayetana, moi j'ai besoin de te voir, tu sais que tu ne peux pas dire non. »

J'ai réfléchi vite. Il ne faut pas que je m'énerve de trop.

« Si ça te rassure, viens. Mais je te répète que tout va bien. J'ai l'impression que tu me surveilles.

— Tu sais que j'en ai le droit. C'était la condition pour que tu n'ailles pas à l'hôpital plus souvent. »

La colère commençait à monter en moi, j'ai coupé court à la conversation.

« Puisque tu viens cet après-midi, je vais aller faire un gâteau, nous parlerons tout à l'heure. »

J'ai raccroché. Si j'avais dit non, ils seraient venus

quand même, je ne peux pas lutter. J'ai commencé à m'agiter, à partir dans tous les sens. Il ne faut pas qu'ils le voient, il ne faut pas qu'ils l'emmènent. Il est à moi, cet Algérien. Il faut que nous partions. Nous descendrons jusqu'à Tarifa, et nous trouverons bien un moyen de passer au Maroc, puis en Algérie. Il doit connaître des gens pour l'aider là-bas.

Avant que Telmo ne vienne avec Sergio, j'avais deux heures devant moi. J'ai préparé un sac rapidement et je suis allée dans la chambre.

« Il faut partir. Maintenant. Il faut vous habiller. »

Je l'ai aidé à enfiler mon grand tee-shirt qui me sert de chemise de nuit, un vieux jogging distendu trop grand pour moi.

« Je ne pourrai pas marcher, j'ai trop mal. Je vais vous retarder.

— Vous allez monter dans ma voiture. Je vous traînerai, on va y arriver, c'est seulement pour vous cacher. »

Dès le début, je me suis dit que c'était une mauvaise idée. Il était trop lourd, et il s'est remis à saigner presque tout de suite. Devant tout ce rouge sur le pull et le jogging, je n'osais pas imaginer ce qu'il y avait dessous pour que ça transperce.

« Ça n'ira pas. C'est trop loin, vous êtes trop lourd et encore trop fatigué. Nous recommencerons dans quelques jours. »

Nous avions à peine atteint la porte d'entrée. Je n'ai pas eu le courage de lui dire pour Telmo et Sergio. C'était foutu. Nous avons mis un temps infini à retourner dans la chambre, et pourtant il m'aidait avec sa jambe valide. Je l'ai recouché, j'ai vite changé les pansements et je lui ai donné des antidouleurs et des somnifères pour qu'il soit calme, mais il était épuisé par la promenade, il s'est endormi dès que j'ai tourné les talons. J'ai passé le dernier quart d'heure à essayer de me calmer, à jeter des tasses sur la table et sortir les gâteaux secs pour faire semblant de les attendre, comme avec Simona. La maison n'était pas rangée. J'ai attendu, agitée. Je savais que quand j'entendrais la voiture, ils seraient là presque tout de suite. Je marchais de long en large en me tenant les mains. Je transpirais.

Ils sont arrivés et j'ai ouvert la porte, comme d'habitude. Telmo m'a saluée, Sergio m'a tendu sa main molle et visqueuse. Une main de poulpe, un tentacule flasque. J'aurais aimé l'ébouillanter tout entier dans une grande casserole, lui et son regard inquisiteur.

« On peut entrer ?

— Évidemment, vous n'allez pas rester dehors. »

Ils sont rentrés derrière moi, j'ai couru fermer la porte de la chambre, que, comme une gourde, j'avais laissée ouverte. J'avais peur qu'ils aient vu quelque chose. C'était sûrement le cas, car Telmo m'a dit tout de suite :

« Qu'y a-t-il dans ta chambre, Caya ?

— Rien ! » j'ai crié. J'essayais de me contenir et j'ai ajouté : « Je ferme pour les courants d'air, sinon la porte claque. »

Je voyais qu'ils n'étaient pas convaincus.

« Pouvons-nous regarder dans ta chambre, Cayetana ? a demandé Sergio de sa voix de poulpe-limace.

— Je n'ai pas fait le ménage, c'est très sale.

— Pourquoi n'as-tu pas fait le ménage ? Tu n'as pas

repassé non plus ? (Il désignait le panier à linge sur la banquette.) Ça ne te ressemble pas. Tu sais que c'est aussi quand tu vas mal que tu ne fais plus tes petites tâches quotidiennes. Tu ne vas pas bien, Cayetana, en ce moment, je crois. Comment te sens-tu ?

— Mais bien ! » Là aussi, j'ai crié. Je criais trop. « C'est vous qui m'ennuyez avec toutes vos questions. Tout le monde vient chez moi pour me regarder dans les trous de nez. Déjà Simona hier…

— Simona est morte la semaine dernière, Caya, tu n'as pas pu la voir hier, a coupé Telmo.

— Mais… »

Ils disaient n'importe quoi, pour me faire peur, pour me faire du mal. Ils prêchaient le faux pour savoir le vrai. Ils étaient venus chercher le terroriste. Je pensais à mon grand couteau dans la cuisine. Je me demandais comment aller le chercher, peut-être en faisant semblant…

« Je voudrais voir ta chambre, Caya », a ordonné Telmo d'une voix métallique.

Il m'a poussée légèrement pour ouvrir la porte, je ne pouvais pas lutter et le couteau était trop loin.

La chambre était rangée. L'Algérien s'était caché, probablement sous le lit. Je sentais son odeur, je savais qu'il était là. Avant de se glisser dessous, il avait refait le lit parfaitement et entrouvert légèrement la fenêtre pour que ça fasse plus vrai. Il avait enlevé sa montre de la table de nuit, le verre à eau, il n'y avait plus aucune trace de sa présence. Ils ne voyaient rien.

« Tu vois, Telmo, tout va bien. C'est juste pour les courants d'air. Je n'ai pas bien fait le ménage parce que vous montiez. Ça me perturbe de voir du monde.

— Tu n'as pas fait de gâteau ?

— Non, je faisais du découpage. Je n'ai pas vu le temps passer. »

J'ai montré mes collages pour les amadouer. Je ne pensais plus au couteau.

« Ils sont très beaux, un peu sombres seulement, a dit Sergio.

— C'est parce que c'est l'hiver, je ferai plus coloré au printemps », j'ai grincé.

Ils sont restés une heure à me disséquer. Mais j'étais calme et sereine maintenant. Ils n'avaient pas trouvé le Maure, ils ne rentreraient plus dans ma chambre, ils allaient partir. Lui, il avait compris, il ne faisait pas de bruit et restait caché sous le lit.

Quand ils ont disparu derrière les tamaris, j'ai fermé la porte à double tour et couru dans la chambre. Souleiman était remonté sur le lit et il me faisait un sourire magnifique.

« Ils sont partis ?

— Oui.

— Ils reviendront ?

— Sûrement. Mais pas avant une semaine au moins.

— D'ici là, j'aurai le temps de reprendre des forces. »

Je suis allée à la cuisine lui préparer un bon potage, avec des haricots blancs, des pommes de terre et du lard. Il faut qu'il mange un peu plus. Je ferai les pansements après, manger le fait toujours un peu dormir à cause du Valium que je mets dans la soupe.

En épluchant les pommes de terre, j'ai pensé que nous partirions jeudi prochain, puisqu'il est d'accord. Telmo ne pourra pas me déstabiliser au téléphone le lendemain et je ne prendrai pas le risque qu'il revienne avec Sergio, comme aujourd'hui. Nous avions une bonne semaine devant nous pour que le terroriste soit plus vaillant, qu'il cicatrise et que je prépare tout ce qu'il faut.

Je ne prendrai pas mes médicaments ce soir, je ne les prendrai plus jamais, ils me rendent trop molle et altèrent mon jugement, ils m'endorment même au plein milieu de la matinée. Je n'ai besoin que de l'amour de Souleiman. Jeudi, nous partirons pour Tarifa. Nous prendrons le bateau et des bus pour atteindre l'Algérie. Là-bas, j'achèterai une djellaba, un panier en osier pour cueillir des dattes et une gourde en peau de chèvre. Nous trouverons bien de temps à autre des oueds pour la remplir. Nous nous enfoncerons dans le désert, sur le dos de chameaux lymphatiques. Tout le monde nous oubliera, nous serons seuls au monde et nous ferons l'amour jusqu'au firmament.

Je n'ai plus besoin de traitement, puisque je vais être heureuse.

La Niña

Aujourd'hui Ezra m'a parlé. Plus de deux mots, je veux dire. Il a fait quelques phrases, pour m'expliquer que son ami d'enfance, son presque frère, son copain de toujours, qu'il n'a pas vu depuis des années, allait revenir. Il a même expliqué que quand sa mère, Blanca, lui a annoncé la nouvelle, qu'elle tenait de Máxi lui-même, sa poitrine s'était soulevée d'une joie indicible. J'ai souri, j'ai failli dire : « Il n'y a pas que la joie qui est indicible pour toi, Ezra. »

Plus tard, c'est Blanca en personne qui est venue me parler de ce Gonzalo tant attendu, elle n'était pas sûre que son fils m'en ait parlé, il parle si peu. J'ai été contente de ce changement de sujet, d'habitude elle ne me parle que d'Ezra. Je crois qu'au fond elle a peur, elle ne croit pas en moi. Elle suppose que je vais décider de partir, un jour ou l'autre, et retourner là d'où je viens. Elle me pose toujours des questions sur ma famille, mes origines. Elle ne veut pas que je disparaisse parce que, depuis que je suis là, Ezra est différent, « Il est plus... ». Elle ne finit jamais sa phrase, mais dans le sourire qui accompagne cette suspension, je perçois toujours la plus-value de ma présence.

Ce matin, j'ai regardé différemment cette femme, et j'ai eu envie de lui raconter ma vie, sans la prévenir, comme si je balançais une grenade. La rassurer sur le côté non négociable de ma présence.

J'ai dit : « Blanca, écoutez-moi, j'ai une histoire à vous raconter. » Je n'ai pas raconté mon enfance, ça aurait été trop long et trop moche. J'ai seulement commencé par ce fameux jour où je me suis dit : *Il FAUT que je me barre.*

Ce qui m'a secouée de ma léthargie ? Je ne sais pas au juste, une accumulation, un cran de peur supplémentaire. J'ai tout préparé, et j'ai peaufiné mon plan pendant plus d'un an. Un an d'angoisse pure, et d'une trouille à se pisser dessus que Tony ne soupçonne quelque chose. Il me regardait avec méfiance, depuis ce fameux jour où je lui avais dit que je voulais arrêter la prostitution, que je voulais reprendre des études. Le soir même, il était venu avec le gros Moussa et ils m'avaient violée et tabassée toute la nuit pour m'ôter l'envie de jouer les intellectuelles, me rappeler ce que j'étais : une pauvre petite pute. Je n'avais pas pu retourner travailler, j'étais trop gonflée de partout, avec des bleus énormes qui me dévoraient le visage. J'ai su à ce moment-là qu'un jour ou l'autre ils me flingueraient, que ce n'était qu'une question de temps. Ils me tueraient peut-être même sans le vouloir, un coup de trop, une mauvaise chute. Je devais disparaître sans laisser de trace, m'évanouir dans la nature. Je savais que c'était possible, j'avais vu une émission à la télévision : au Japon, il y a beaucoup de gens qui disparaissent comme ça, du jour au lendemain, on ne les retrouve pas. Moi, ce serait pareil, sauf que j'aurais Tony et toute sa bande de tueurs aux trousses.

Après cette fameuse nuit de correction, j'ai fait semblant de rentrer dans le rang, mais j'ai échafaudé un plan dans les moindres détails. Dans un premier temps, j'ai juste commencé à économiser, il me fallait de l'argent. Beaucoup. L'argent, c'est le nerf de la guerre, mais c'est aussi celui de la désertion. J'ai travaillé un peu plus. Pas beaucoup, je ne voulais pas éveiller les soupçons, je faisais juste une ou deux passes de plus par jour, sur mon temps de repos, et je mettais l'argent de côté. Je faisais des trucs pourris aussi, j'acceptais tous les cinglés avec un supplément. Je cachais l'argent dans un sac, dans le grenier de Monica, sous deux grosses lattes en bois du plancher qui n'étaient pas bien fixées. Je montais là-haut avant d'aller la voir, quand je passais boire un café. Rendre visite à Monica, c'était plutôt naturel, je n'avais qu'elle comme amie, Tony n'y trouvait rien à redire. Je l'aimais bien, Monica, mais je ne lui ai rien dit de mes projets, elle racontait toujours n'importe quoi quand elle avait bu et elle aurait vendu sa mère pour une dose d'héroïne. Tony, c'était à elle que je le devais. Avant de le connaître, je bossais en free-lance pour payer mes études, je me croyais plus forte que les autres. Je me présentais comme une occasionnelle, je recevais dans mon studio, qui était bien plus chaleureux qu'un hôtel de passe, je payais même le café, parfois. J'avais du succès, une petite provinciale sans le sou montée à Madrid, ça avait encore un petit côté frais que les hommes adoraient. Ma petite taille, ma teinture blonde flashy, mon parfum au caramel, mes jupes courtes à l'anglaise et mes chaussettes blanches faisaient qu'on m'appelait « la Niña ». J'étais gentille, je parlais, je voulais bien embrasser un peu. Je n'étais pas une technicienne comme Monica, je jouais sur les sentiments. Je me souvenais des deux ou trois petites choses de la vie des clients qu'ils me confiaient et je savais demander la fois suivante si le fils avait trouvé du boulot ou si la fille avait eu son permis. Je faisais semblant de jouir, et j'avais l'air tellement surprise moi-même qu'ils y croyaient. Ce n'était pas qu'ils étaient tellement naïfs, c'était qu'ils avaient terriblement envie de se sentir forts, pour une fois. Faire jouir une pute, c'était comme décrocher le pompon à la fête foraine. J'avais l'impression de m'en tirer plutôt pas trop mal, mais un jour je suis tombée sur un vrai cinglé. Un type assez jeune, grand et costaud, je n'ai pas eu le temps de lui faire mon petit cinéma. Il m'a tout de suite balancé une paire de baffes et m'a jetée sur le lit. Il avait un sexe monstrueux qu'il m'a collé dans la bouche de force, jusqu'à me faire vomir, puis il m'a déchirée avec pendant des heures, je ne savais plus où j'étais, ni depuis combien de temps je subissais ça, puisqu'il me frappait sans cesse et que j'étais complètement dans le cirage. Je n'avais pas la force de hurler ou de tenter quelque chose. Bien entendu il est parti sans me payer, je me suis réveillée dans la nuit et j'ai pleuré longtemps, j'avais mal partout. Je voulais aller à la police, mais je savais qu'on me poserait des questions, qu'on me demanderait comment ce gars avait atterri chez moi, peut-être même qu'on fouillerait dans mes comptes et qu'on s'apercevrait que je vivais plutôt bien, alors que je n'avais aucun revenu déclaré, aucune famille. J'ai appelé Monica, elle est venue mettre des sacs de petits pois surgelés sur mes ecchymoses et elle m'a touché deux mots de Tony.

Je l'ai appelé, encore traumatisée par mon agression. Au début, il avait l'air si gentil, si prévenant. Il m'invitait au restaurant, il me disait que j'étais différente des autres, plus intelligente, il voulait m'épouser, même. Il promettait de me protéger.

Après une courte lune de miel qui m'a presque fait croire que j'étais amoureuse pour la première fois de ma vie, Tony a rapidement levé la main sur moi, pour me terroriser et me prendre mon argent, et je n'ai pas tardé à comprendre que, côté violence, j'avais dégringolé de Charybde en Scylla. J'étais consciente de rejouer la banale histoire de la pauvre fille naïve tombée aux mains d'un souteneur et de son réseau, mais je ne pouvais plus sortir de cette spirale infernale. De quelques clients pour vivre, je devenais professionnelle, j'ai dû arrêter la fac pour tapiner régulièrement. Tony m'assurait un bout de la rue Montera et une protection rapprochée. Il me prenait quasiment la totalité de mes gains. L'armée des ombres me surveillait, le petit dealeur, les gros bras, des vieux en sentinelle, chacun avait son rôle, son grade. Je supportais ça grâce au mauvais cocktail solitude et alcool. J'ai réussi à éviter la drogue à cause de Monica : je la voyais maigrir, devenir de plus en plus accro, bosser raide défoncée et vivre dans une autre réalité, où rien n'avait d'importance sinon sa prochaine dose à trouver. Je ne voulais pas sombrer comme elle. Et pourtant c'était dur, j'avais tellement peur. Tout contribuait à nourrir cette terreur : les bruits de la ville, éructations de moteurs, sirènes déclenchées trop près de mon cœur, altercations de poivrots, pleurs d'enfants perdus. Les regards comme des couteaux, les sexes mous, les désirs mécaniques, les orgasmes douloureux. Et donc, un soir d'épouvante ordinaire, dans un dernier sursaut de lucidité, je me suis dit en fumant ma cigarette : *Il faut que je me barre.*

J'avais décidé de quitter Madrid à pied. Personne ne soupçonnerait ça. On me chercherait dans les aéroports, dans les gares, sur les aires d'autoroute. Partir à pied, c'était l'idée du siècle, qui changeait tout, le truc inimaginable. Quand tu veux fuir, tu veux aller vite, tu veux prendre un avion, un train, une voiture. Mais partir comme un escargot, c'était impensable, j'étais sûre de tromper Tony et ses molosses. J'ai acheté un sac à dos gris basique, mais bien solide, et je l'ai rempli avec deux pantalons de sport légers, quelques tee-shirts, deux polaires, des fringues de fille normale qui part quelques jours en randonnée. Une belle trousse de toilette, une serviette bleue hyper légère. Tout était neuf, pour durer le plus longtemps possible. Quand j'attendais les clients, je me faisais des listes, il m'arrivait même de penser à ça quand ils étaient sur moi. Une petite lampe de poche, un couteau qui se plie, une tasse en fer et du café en poudre, une boîte de pâté, de quoi manger sans rentrer dans un magasin où on aurait pu me voir, se souvenir de moi. Je savais que Tony et ses sbires feraient le tour des commerces, des stations-service à des kilomètres à la ronde, avec ma photo.

Le sac, je l'avais planqué à la salle de sport, dans un casier. La salle de sport, c'est Tony qui la payait, il voulait qu'on « entretienne le fonds de commerce », comme il disait en ricanant. Je changeais le sac de place tous les deux jours, pour ne pas éveiller les soupçons, pour ne pas prendre le risque qu'ils coupent mon cadenas avec une pince, en pensant que je squattais un casier à long terme. Comme j'allais tôt le matin à la salle, il m'arrivait fréquemment de tout sortir, pour contempler mon butin, vérifier qu'il ne manquait rien, ajouter un petit truc. Je croyais détenir un trésor. Le tapis de course n'était plus une punition, je voulais être au mieux de ma forme pour marcher.

Les chaussures m'ont posé plus de problèmes. Des chaussures de randonnée. Comment une pute pouvait avoir besoin de chaussures de randonnée ? J'ai commencé par bobarder à Tony que j'avais un client régulier qui bossait dans un magasin d'affaires de sport, une grande surface. Il aimait bien quand je lui parlais des clients, parce que je racontais des histoires, je brodais, je rendais les choses un peu moins dégueulasses. Il me disait que j'avais un talent pour raconter, et il se foutait de ma gueule en me disant que je pourrais un jour écrire un livre, *La Niña ou Les mémoires d'une vieille pute.* Un jour où ça m'avait vraiment vexée, je lui avais répondu avec morgue que j'écrirais *Les mémoires d'une vieille pute et de son vieux maquereau inculte.* Il m'en avait retourné une, sous le coup de la colère, avec une telle rage et une telle force qu'il m'avait ouvert la lèvre en deux.

J'ai acheté une belle paire de chaussures, avec une semelle Vibram et du Gore-Tex, une taille au-dessus de ma taille normale, comme me l'avait conseillé le vendeur, parce que quand on marche longtemps, on a les pieds qui gonflent comme des méduses. Je suis revenue à l'appartement et je les ai déposées bien en évidence dans le salon. J'ai dit à Tony que c'était un cadeau de mon client et que je ne savais pas ce que j'allais pouvoir en foutre. Il s'est moqué de moi comme je l'espérais, en me disant que pour tapiner c'était pas très sexy, et qu'il se demandait comment un mec normal pouvait avoir l'idée d'offrir des pompes de rando à une prostituée. Je les ai laissées traîner un moment pour qu'il s'habitue, qu'il ne fasse plus attention à elles, mais ça ne fonctionnait pas, ce n'était pas une bonne idée. Il se fendait toujours la gueule en les voyant, et me demandait quand j'attaquerais la face nord des Picos de Europa. J'ai fini par les emporter dans le grenier chez Monica, bien emballées dans un plastique propre, et je les ai cachées sous des vieilles cagettes recouvertes de merdes de pigeon. J'ai bien fait, il a remarqué tout de suite que les chaussures avaient disparu. J'ai dit que je les avais jetées, que le studio était trop petit pour que je puisse me permettre de garder des trucs qui ne me serviraient jamais. Je ne pouvais pas prendre le risque qu'il remarque leur disparition après mon départ, je savais qu'il ferait le rapprochement, qu'il finirait par penser que je les avais aux pieds.

Pour savoir par où partir, je suis allée à la bibliothèque. Ça aussi c'était facile, j'avais gardé l'habitude d'y aller, Tony n'y trouvait rien à redire : si au début il s'était moqué de ma passion pour les livres, je lui avais suggéré que pour une pute, la culture était un atout, que les hommes n'étaient pas contre un peu de conversation et que, pour certains, c'était même ce qui me différenciait des autres. Néanmoins, je ne pouvais pas rapporter les guides de randonnée au studio, alors j'apprenais le chemin par cœur, les kilométrages, les croisements, le nom des villages. J'avais décidé d'aller vers l'Estrémadure, du côté de Badajoz. Des sentiers peu fréquentés, de grandes forêts et des sierras désolées, je risquais moins de croiser du monde et de me faire remarquer. Mais surtout, Tony n'imaginerait pas une seule seconde que je sois partie là-bas, il disait toujours que c'était le trou du cul du monde, une région de pouilleux où ne proliféraient que les cochons et les alcooliques. Il me chercherait dans des grandes villes lumineuses ou à l'étranger, pas dans une pampa qu'il détestait.

Je me récitais le parcours tous les soirs, ou le matin, dès que j'avais un peu de temps libre. C'était amusant, j'imaginais parfois les sentiers, j'avais le sentiment qu'une fois sur place, je reconnaîtrais jusqu'au moindre buisson. Je priais pour qu'il ne pleuve pas. Se posait la question d'où dormir, mais je devais quand même bien faire un peu confiance au destin, et j'espérais des maisons abandonnées ou simplement inoccupées pour l'été qui me serviraient d'abri.

Fin prête, il fallait juste que j'attende la bonne occasion. Mi-septembre seulement, j'ai été exaucée. Un dimanche, Tony m'a annoncé qu'il partait quelques jours en Italie chercher des filles, au moins jusqu'au vendredi suivant. J'avais intérêt à ne pas faire de conneries. Il faisait le voyage avec le gros Moussa, mais je pouvais appeler un autre de ses gros bras, si j'avais un problème. Il m'a confié qu'il avait des soucis en ce moment avec les filles de l'Est, qu'elles étaient trop tordues, incontrôlables. Il y en avait une qui s'était ouvert la gorge devant un client. Depuis peu, il préférait les Blacks, celles qu'ils ramenaient d'Italie justement. Là-bas, on pouvait se servir correctement. Les filles, déjà laminées par leur voyage pour l'Europe et le passage par la Libye, arrivaient naturellement plus dociles. Plus malléables, il disait, on pouvait en faire ce qu'on voulait, rapidement. Ce dimanche-là, il avait été gentil, nous avions mangé à *La Latina* et nous étions même allés nous promener un peu à Chueca. Il m'avait baisée en rentrant, assez vite, il devait aller aider un copain pour une histoire de voiture volée. Je l'ai remercié pour ce dimanche, j'ai dit que j'avais passé une si bonne journée que je me sentais en forme et que j'allais bosser un petit peu pour qu'il soit content. Je voulais qu'il parte tranquille en Italie et qu'il me laisse le champ libre, sans trop me faire surveiller.

Toute la semaine, j'ai bossé comme une tarée, ce fric-là, je savais que je ne le lui donnerais pas. Avec ce que j'avais économisé petit à petit ça me faisait un peu plus de six mille euros en billets usagés, bien rangés dans une trousse de toilette.

J'avais acheté un billet de train pour Amsterdam, à mon nom, pour brouiller les pistes. J'ai écrit une lettre aussi, où je disais que je ne supportais plus de faire la pute, que j'avais choisi de partir pour une nouvelle vie. Il avait des contacts dans toutes les capitales, je voulais qu'il perde son temps à me chercher là-bas.

Je comptais traverser Madrid, sans même prendre le métro, où j'imaginais qu'il pourrait me reconnaître sur les vidéos de surveillance. J'étais persuadée qu'il aurait accès aux caméras, il avait des amis dans la police. Il me fallait atteindre la campagne rapidement, marcher à travers les champs et les bois, faire le plus de kilomètres possible par jour, éviter les villes et les villages. Quand j'aurais marché suffisamment longtemps, je trouverais une station d'essence isolée, et je prendrais une voiture étrangère pour partir quelque part. Je choisirais un type qui ne parlerait pas trop l'espagnol, qui ne ferait que passer, peut-être la seule fois de sa vie. J'étais devenue paranoïaque, mais je savais que je n'aurais pas d'autre occasion de fuir, que c'était ma vie que je jouais, à pile ou face.

J'ai commencé à avoir vraiment peur le jeudi, parce que j'avais tout rapporté à l'appartement, l'argent, le sac, et que j'étais épouvantée à l'idée que Tony ne me fasse la surprise de rentrer un jour plus tôt. J'ai été tentée de l'appeler sous un prétexte bidon pour savoir s'il était toujours en Italie, mais j'avais bien trop peur de lui mettre la puce à l'oreille, puisque j'avais la consigne de n'appeler qu'en cas de force majeure : arrestation par les flics ou clients violents.

Je n'ai pas dormi cette nuit-là, j'étais trop angoissée. Je me disais qu'il fallait absolument que je dorme, que je devais être en forme pour marcher le lendemain, et moins je dormais, plus je m'énervais. J'ai fini par me lever à deux heures, et je suis partie, après avoir pris une douche.

J'ai marché. C'était facile. Je voyais comme en plein jour avec les lampadaires et les rues étaient désertes. Mon visage était dissimulé sous ma capuche. J'ai jeté mon portable dans le Manzanares. J'ai pensé au nombre incalculable de fois où Tony m'appellerait et à la rapidité avec laquelle son étonnement virerait à la fureur.

Il m'a fallu plusieurs heures pour voir enfin un peu

d'herbe, puis de véritables champs, des forêts. Dans les bois j'étais bien, mon cœur cessait de s'affoler, il y faisait plus sombre, bien que l'aube commence à tout éclabousser de lumière. Le temps était couvert, il faisait doux, je sentais qu'il ne pleuvrait pas.

J'ai marché pendant huit jours, sans trop de problème, mis à part les ampoules qui me rongeaient les talons, les difficultés pour trouver un abri pour la nuit, et la faim qui me tenaillait plus que prévu. J'étais heureuse même, puisque tout était à peu près conforme à ce que j'avais planifié, envisagé.

L'avant-dernier soir, j'ai trouvé un gros arbre avec des branches qui traînaient jusque par terre, on aurait dit une cabane d'enfant. Je me suis endormie presque tout de suite, j'étais épuisée. Je me réveillais toutes les heures dans un état comateux, je replongeais dans un sommeil agité. La pluie m'a sortie de mon sommeil. La peur m'a giflée plus sûrement que la fatigue. Je me suis levée rapidement, j'ai rassemblé mes affaires en hâte et j'ai commencé à marcher, angoissée. La flotte tombait de plus en plus fort, j'ai été trempée en quelques minutes. J'ai eu peur pour mon fric, je l'ai emballé vite fait dans les deux seuls sacs en plastique que j'avais, avec mes papiers.

Je n'avançais plus, j'avais le sentiment de tourner en rond, je ne me souvenais plus du parcours que j'avais pourtant appris par cœur, je n'étais pas là où j'aurais dû être, j'avais certainement loupé un embranchement. Il n'y avait plus aucune trace de balisage.

Toute la journée, j'ai erré. Mes chaussures faisaient du bruit à chaque pas, une sorte de floc-floc inquiétant. À l'intérieur, ma peau s'abîmait et la douleur devenait torture avec l'humidité, je sentais mes ampoules renaître.

C'est là qu'Ezra m'a ramassée. Je n'ai pas eu le temps de me cacher correctement, le talus était trop haut et je me suis cassé la figure en essayant de le gravir avec mon sac à dos. Il m'a vu affalée, il s'est arrêté à ma hauteur avec sa voiture.

« Tu n'es quand même pas aux champignons, à cette heure ? »

Malgré la fatigue, la peur, j'ai ri. J'ai dit non bien sûr, que je faisais de la randonnée, et que je m'étais perdue, que j'avais eu peur de lui, de la voiture. Il m'a proposé de m'emmener au village le plus proche. J'ai fait une rapide évaluation, j'avais l'habitude : il n'avait pas l'air trop dangereux. La voiture était vieille, avec un vrai bordel à l'intérieur. Des fils, des bobines, des prises. C'était un type qui travaillait, un manuel, ils sont toujours moins pervers que les intellectuels. Je lui donnais la quarantaine, peut-être même bien cinquante, d'une corpulence normale. La seule chose inquiétante, c'étaient ses lunettes de soleil, totalement incongrues dans cette fin d'après-midi nuageuse, mais j'ai pensé qu'il devait avoir un problème aux yeux à la façon dont il me regardait, le visage légèrement dévié vers le haut, comme s'il était aveugle, comme s'il ne savait pas vraiment où porter son regard. Il avait un bon sourire, franc et simple. Alors, à cause de la fatigue, j'ai dit oui. Oui pour le chauffage dans la voiture, oui pour quelques mots échangés, même si ça devait donner à Tony des indices pour me pister. Je n'avais plus la force.

Il m'a ramenée ici. Nous avons roulé longtemps, il m'a semblé, mais les distances, pour moi qui avais tellement marché depuis Madrid, avaient une autre lecture à présent. Il ne parlait pas, il conduisait. La maison m'a mise mal à l'aise : elle était vraiment très isolée, entourée d'une végétation assez dense, sans voisins. Une maison de schizophrène qui découpe des gens dans sa cave. J'ai hésité avant d'entrer, mais sur le perron, il a soulevé ses lunettes noires : il avait un bon regard.

Il m'a servi un verre de vin, je l'ai bu d'un trait. Il a préparé une omelette, et il l'a coupée en deux parts égales dans la poêle. Il m'a mis mon morceau sous le nez, avec un bon bout de pain. Je me suis ruée dessus. J'ai dit non pour le deuxième verre de vin, alors il a bu tranquille, en me regardant.

« Tu as besoin de prendre une douche et de dormir un peu, on parlera tout à l'heure. On n'est même pas obligés de parler. Moi, je ne parle pas depuis des années, ça ne me dérange pas. »

J'ai pris une douche bouillante et j'ai eu l'impression de fondre dessous, tellement c'était bon. J'ai dormi avec mon fric contre moi, et mon petit couteau au cas où. C'était son lit, ça exhalait le mec, le mec qui ne lave pas forcément les draps tous les quinze jours, et qui doit prendre une douche à la semaine sainte. Mais ça ne sentait pas mauvais, c'était la terre, les herbes, le bois, le tabac et le vin.

Quand j'ai émergé le lendemain midi, Ezra lisait le journal dans la cuisine, avec la radio en léger fond sonore, c'est elle qui m'avait sortie du sommeil à cause d'un abruti qui vociférait pour un but de l'Atlético. Je m'étais emballée dans le drap, il m'avait pris toutes mes fringues, pour les faire sécher devant le poêle.

Il a plié le journal, il m'a donné du pain, du café.

« Il faut que j'aille bosser, tu devrais faire une lessive avec tes fringues, elles sentent le renard. » Il est parti, j'ai fait tourner une machine comme il me l'avait conseillé, j'ai pendu mes habits propres au soleil. J'étais contente, je pourrais repartir avec un sac à dos bien rangé. Je me suis promenée dans la maison sans rien toucher. Il vivait seul, c'était sûr, vu la déco. Il n'y avait pas de femme pour s'occuper des détails. Je suis allée me recoucher. J'ai dormi toute la journée.

Le soir, il est rentré et il a posé de quoi manger sur la table, une belle casserole avec une viande mijotée. Je ne connaissais pas votre existence, Blanca, mais j'ai su qu'Ezra avait une mère, devant ce ragoût. De la bonne viande, pour un bon fils. Je me suis mise à pleurer intérieurement. D'un mouvement de tête, il m'a proposé un verre de vin. J'ai dit oui.

J'ai trop bu. Je n'aurais pas dû. J'avais besoin de me détendre, de laisser retomber la pression, d'oublier la peur.

Lui ne buvait pas beaucoup, j'aurais dû me méfier, il me regardait sans rien dire, il me regardait vaciller, chavirer, couler. Moi, complètement pétée, je me suis mise à parler, à dire des conneries, que je partais en Russie, que je voulais voir la place Rouge et boire de la vodka dans un traîneau sous des couvertures en peaux de renne. J'ai fini par dire que je me demandais pourquoi il mettait des lunettes noires même dans sa maison. J'étais saoule, j'ai commencé à parler de son sexe et à dire que je le voulais, je lui ai dit : « Viens dans la chambre, tu vas me baiser, je te dois bien ça. »

Je l'ai pris par la main et je l'ai entraîné dans les escaliers, là-haut je me suis jetée sur le lit et j'ai ouvert les jambes, devant lui. Il ne savait pas quoi faire, il me regardait bêtement, alors je me suis assise et j'ai ouvert son pantalon, j'ai marmonné : « C'est pas possible, il faut que je fasse tout. » Je ne devrais pas vous raconter ça, Blanca, parce que vous allez m'en vouloir, mais j'avais la haine, vous savez, je me vengeais des autres peut-être, je me disais : *Vas-y, pauvre connard, baise-moi, dépêche-toi et après je me casse.* Je l'ai touché pour qu'il ait un minimum d'érection et dès que je l'ai jugée suffisante, je l'ai guidé en moi. Il a mis un temps infini à jouir. J'étais sèche, il me faisait mal avec son sexe, j'avais l'impression qu'il prenait son temps, et je le haïssais encore plus pour ça. Je n'ai pas deviné son cœur qui explosait, son angoisse, sa difficulté. Sa tristesse aussi, il avait imaginé autre chose, de plus beau, de plus doux, un moment d'exception qui reste à jamais dans la mémoire. J'étais sa première femme et j'ai salopé le rêve avec ma brutalité. J'ai fait la seule chose que je savais faire à l'époque, je l'ai traîné dans la fange et il n'a pas aimé. Il s'est retiré dans la foulée et j'ai pu récupérer mes jambes que j'ai ramenées vers mon ventre. L'envie de pleurer est revenue, et je n'ai pas pu réprimer un sanglot, qui m'a mise en colère contre moi-même : je ne voulais pas qu'il jouisse aussi de ma faiblesse. Je n'avais rien compris. Blanca, votre fils, je l'ai méprisé, je l'ai humilié, et je n'aurai pas assez de toute ma vie pour me faire pardonner. C'est aussi pour ça que je reste.

Je me suis réveillée beaucoup plus tard, il faisait totalement noir, je ne savais pas si nous étions le jour ou la nuit.

J'ai appelé, j'ai crié, mais la maison restait silencieuse, il n'y avait personne. J'ai ouvert les volets, il faisait si sombre dehors, les nuages étaient si bas, qu'on pouvait se croire encore proche de la nuit. J'ai appelé à nouveau, mais sans conviction, je savais que j'étais seule, Ezra avait dû aller travailler. Je me suis assise sur le lit et j'ai essayé de rassembler mes pensées. Je parlais toute seule, je me disais « calme-toi ». J'ai vomi par terre, à cause de l'alcool, je n'ai pas eu le temps d'aller jusqu'à la salle de bains. Je me suis roulée en boule sur le lit et j'ai dormi encore, la tête me tournait trop.

Plus tard, j'ai entendu du bruit. Quelqu'un marchait dans la cuisine. Je suis descendue. Je ne savais pas quoi dire, je me sentais honteuse et pourtant en colère. Contre qui ? Contre quoi ? Il a posé un verre de vin devant moi dont la seule vue m'a retourné l'estomac. Une assiette de poulet froid avec du pain. Je me suis jetée sur Ezra, comme une idiote, je ne savais même pas ce que je voulais faire. Je voulais le frapper, je voulais lui faire du mal, je lui ai asséné des coups au hasard, dans les côtes, sur la poitrine, je tapais à l'aveuglette. J'ai fait tomber le vin et le poulet dans ma lutte. Il m'a contenue facilement, il était beaucoup plus fort que je ne l'avais imaginé.

« Calme-toi, je ne veux pas te faire de mal », il a dit.

J'ai fini par m'asseoir.

« Quelle heure est-il ?

— Midi. »

Il a ramassé l'assiette, le pain et le poulet par terre, les morceaux qui n'étaient pas trop abîmés, et il les a posés sur la table devant moi. Il s'est assis sur une chaise, il me regardait.

« Mange.

— Je ne veux pas rester chez toi, je veux partir, il faut que je retrouve mes amis, ma famille.

— Tu n'as pas de famille et tu n'as pas d'amis. »

Je lui ai jeté l'assiette à la figure, il l'a évitée sans peine et il a attrapé mon bras qu'il a maintenu fermement sans effort.

« Ne recommence jamais ça. Je suis gentil, mais je pourrais devenir méchant, si tu m'agresses encore. » Son visage est devenu dur et, même dans la faible lumière artificielle de la pièce, j'ai vu son regard s'assombrir. « Tu partiras quand tu voudras. »

Il est retourné travailler sans rien ajouter.

J'ai passé au moins une heure prostrée sur ma chaise. Et puis j'ai commencé à réfléchir. Je devenais folle. Je devais cesser de m'énerver, d'avoir peur de tout et de tout le monde, Ezra n'était pas le cinglé que j'avais imaginé, c'était moi qui disjonctais. J'ai passé le reste de l'après-midi à nettoyer la chambre où j'avais vomi, à ramasser le poulet, laver le sol taché de vin.

En rentrant le soir, il n'a rien dit, il a juste allumé la gazinière et il a posé sur le feu une autre belle casserole, dans laquelle s'est mis à bouillonner un nouveau ragoût odorant. Je lui ai demandé d'où venait ce qu'il apportait, c'était trop bien préparé pour un type tout seul.

« C'est ma mère. »

J'avais deviné juste : évidemment il avait une mère. Je ne savais pas que c'était vous, Blanca, alors j'ai été jalouse, instinctivement.

« Et elle sait, ta mère, que tu as une femme dans ta maison ?

— Non. »

Et après une hésitation :

« Mais elle ne sait pas non plus que cette femme est une prostituée en fuite qui a tué une collègue à Madrid. »

J'ai pris un coup au ventre et je suis restée abasourdie. Tony, bien sûr ! avec le gros Moussa, et il tentait de me faire porter le chapeau. C'était malin : c'était toute la police du pays que j'avais aux trousses à présent. Et une fois qu'on m'aurait retrouvée, il serait facile de me faire exécuter en prison, avant que je ne parle pour tenter de me disculper.

« Je n'ai rien fait. Ce n'est pas moi.

— Je sais. La victime était trop amochée pour que ce soit une femme de ton gabarit. Tu es trop petite. Il fallait être salement costaud pour l'exploser comme ça.

— Comment tu le sais ?

— Telmo, le chef, m'appelle personnellement quand il y a une ampoule à changer au poste de police, il trouve que je bosse mieux que les autres. J'en profite toujours pour regarder un peu partout, j'aime bien, j'aurais aimé être inspecteur. Sur le mur central il y avait une photo de cette fille massacrée, et ton avis de recherche, je t'ai reconnue. La Niña. J'ai trouvé que c'était bien vu, à cause de ta taille, mais surtout parce qu'il y a quelque chose d'enfantin en toi. Tu sais la première pensée qui m'est venue ? *C'est moi qui l'ai.* »

Et comme je restais muette :

« Mange, c'est chaud. C'est du chili con carne, du vrai, d'Amérique latine. »

Ça m'a sonnée pour plusieurs jours. Je ne pouvais pas repartir tout de suite comme je l'avais imaginé, la police me chercherait, on me reconnaîtrait avec ma figure placardée partout, j'étais coincée. Je ne disais plus rien, j'étais groggy. Je mangeais, je dormais, je vivais à petit feu.

Ezra était mon seul lien avec la réalité et c'est grâce à lui que j'ai recommencé à aimer la vie. Sans parler, il me suivait partout, jusque dans la salle de bains, quand je prenais une douche.

«Je suis nue, tu enlèves tes lunettes. C'est donnant-donnant.»

Il était d'accord, il me regardait me laver à travers le verre dépoli et me tendait la serviette dès que je sortais. Il y avait des moments de la journée que j'aimais particulièrement : le soir quand je marchais dans le jardin, au soleil déclinant. Il fumait sur le bord des escaliers. Il me regardait. Le matin aussi, dans la chambre, j'étais bien, je pouvais voir le jour se lever à travers les interstices des volets. Il a fini par ne plus les fermer, à cause de mes histoires de pleine lune qu'il ne fallait pas rater, parce qu'elle rendait le linge blanc et les rêves réels.

Je faisais semblant de l'aimer un peu, d'avoir l'air vraiment contente quand il rentrait du travail. Au fond c'était vrai, je n'avais pas besoin de me forcer beaucoup. Je le regardais mieux et je me surprenais à le trouver agréable. Un visage assez commun mais gracieux, un corps musclé et propre. Au-delà du physique, son pouvoir de séduction se traduisait par l'attention qu'il me portait, sa volonté palpable de me protéger. Il avait subtilisé l'avis de recherche me concernant au commissariat, pour qu'on m'oublie plus rapidement. Il repassait mon linge, il me faisait à manger. Comme il ne parlait pas, c'est moi qui faisais les frais de la conversation, ou plutôt c'est moi qui me laissais aller. Je parlais, je racontais n'importe quoi, les rares petits trucs heureux de l'enfance, de l'adolescence. Il m'écoutait. Comme j'avais dit que j'aimais lire, il me rapportait des livres. Ce n'étaient que des classiques, des vieux trucs poussiéreux : Manrique, Cervantès, Lope de Vega, mais pour le coup, c'étaient des bouquins que je n'avais jamais lus. Il m'avait avoué éprouver des difficultés avec la lecture, alors j'avais proposé de lui en lire des passages à voix haute, pour changer de la télévision. J'aimais tellement ça. Souvent, à la fin d'un chapitre ou d'une poésie, il levait les yeux vers moi et disait : « Tu peux lire encore un peu ? » Blanca, je crois que j'ai d'abord aimé Ezra pour ces quelques mots, *tu peux lire encore un peu.*

J'ai continué à me donner à lui, mais avec plus de douceur, plus de tendresse, je redevenais la Niña, celle qui savait s'occuper des hommes, qui voulait les caresser, qui savait mentir et rendre fort. Contrairement à la première fois, il était beaucoup trop rapide du fait de sa grande excitation, mais je sentais que de l'habitude viendrait l'expérience, la retenue, et qu'une fois maître de lui, il s'occuperait de moi. Pour la première fois de ma vie, j'ai eu l'envie de lui laisser le temps d'apprendre.

Pourtant, un matin, je me suis sentie reposée et suffisamment forte pour affronter mon destin. Quand Ezra est parti travailler, j'ai fait mon sac en vitesse, et je suis partie, j'avais toute la matinée devant moi pour trouver un bus, un train, pour partir loin. J'ai suivi la route défoncée qui passe devant la maison. J'ai marché un kilomètre et la vue du village au loin a distillé dans mes veines une peur insidieuse. Les gens, le monde, le bus, tout me paraissait insurmontable. J'ai attendu une heure, assise sur une grosse pierre, comme une idiote, à tourner une herbe entre deux doigts. Je commençais tout doucement à comprendre.

Je voulais disparaître ? J'avais disparu. Ni Tony ni la police ne me retrouveraient ici. Il suffisait que je reste quelques mois de plus. Je n'étais pas si mal, je mangeais à ma faim, j'avais chaud, Ezra était gentil avec moi, ce n'était pas difficile. Il m'avait laissé mes affaires. Même mon argent.

Alors, lentement, j'ai fait demi-tour et je suis rentrée à la maison. J'ai rangé mes affaires, j'ai lavé la vaisselle du petit déjeuner et j'ai balayé la cuisine. J'ai fumé une cigarette sur les escaliers. Je pouvais commencer une autre vie, Blanca. C'était presque celle dont j'avais rêvé, tranquille, simple, je pouvais me reposer enfin, poser mon sac, m'oublier. J'ai fouillé dans les tiroirs, pour trouver du papier, je voulais écrire quelque chose à Ezra, le remercier, lui écrire noir sur blanc que je voulais essayer de vivre avec lui, s'il voulait bien de moi et de mon passé, que je pensais pouvoir l'aimer, un jour. Je n'ai trouvé qu'une pochette avec des articles de journaux jaunis, bien rangés chronologiquement. Une histoire de double assassinat, de gamin séquestré, d'enfant sauvage. J'ai compris, pour les lunettes et pour le reste.

Je n'avais pas besoin d'écrire, au fond, je pouvais lui dire les choses de vive voix. J'ai laissé la porte grande ouverte pour que le soleil entre et j'ai lu tranquillement en l'attendant.

Gonzalo et Chico

Je marchais le long du fleuve avec mon chien et je me disais que la ville était belle, quand le téléphone a sonné. J'ai répondu machinalement en gardant les yeux rivés sur le pont des Catalans et la Grave.

Il a juste dit : « C'est moi. »

J'ai stoppé net et cherché un endroit où m'asseoir maintenant que mes jambes en coton menaçaient de se dérober sous moi. J'ai trouvé une marche d'escalier, et Chico, de ses yeux interrogatifs à hauteur des miens, semblait me demander : « C'est qui ? C'est qui ? »

Pendant de longues minutes je n'ai pas su quoi dire. J'ai ouvert la bouche plusieurs fois, mais la surprise, l'incrédulité me coupaient la parole. Comment cela pouvait-il être si simple, malgré la distance, malgré les années ? Il suffisait d'un téléphone, d'une voix, de deux mots anodins et un pan entier de ma vie me sautait directement au cœur. « C'est moi. » L'émotion était trop forte, je me suis mis à pleurer. Jusque-là silencieux, il a alors murmuré :

« Gonzalo, mon fils, ne pleure pas. Rentre. Prends le temps qu'il faudra, mais rentre. J'ai déjà attendu trop longtemps. »

C'était la première fois que j'entendais mon père depuis mon départ pour l'Allemagne. Je cherchais désespérément par quoi commencer, mais je m'apercevais qu'il n'y avait rien de glorieux à raconter, rien dont je puisse réellement être fier, et surtout rien qui m'excuse de l'avoir dépouillé de son fils unique si longtemps. J'ai continué à pleurer en silence. Il a compris. Il s'est mis à parler de son quotidien, de ses vignes et j'écoutais l'espagnol de sa belle voix profonde, qui sentait le chêne-liège et la terre rouge. Plus tard, j'ai pu bredouiller d'une voix tremblante que l'Espagne me manquait, que je me sentais seul ici et que je viendrais bientôt le voir. Mon père a répété, d'une voix toujours aussi forte et vibrante de sentiments, que je pouvais rentrer au pays, qu'il me trouverait une maison, un travail, une femme même, qu'il n'attendait que ça. Que je pouvais débarquer dans un jour ou dans trois mois, qu'il n'avait jamais cessé de m'attendre, et que le seul espoir de me revoir lui donnait déjà une joie infinie.

Si l'idée s'est mise à germer dans ma tête, les choses m'ont échappé des mains rapidement et le hasard – à moins que ce ne soit le souvenir des mots paternels – m'a donné le courage qui me manquait.

Le dimanche suivant, à l'occasion d'une énième dispute avec Fanfan, j'ai emballé deux trois affaires, et j'ai dit que je partais. D'abord muette de stupeur, elle m'a suivi dans la chambre et s'est mise à hurler comme une folle pendant que je faisais mon sac. Elle vociférait que je n'avais rien entre les jambes, que je me tirais comme un lâche, maintenant qu'elle était vieille. Elle voulait me taper dessus, mais Chico la tenait à distance respectueuse, et montrait les dents dès qu'elle s'avançait un peu trop. Elle l'insultait lui aussi, nous mettant dans le même sac, moi et mon taré de chien. Elle a continué dans les escaliers, jusque dans la rue. Elle nous suivait en me traitant de tous les noms, les gens rigolaient. C'est quand elle m'a dit que je méritais bien mon surnom, que j'étais vraiment « un gros salaud », que tout à coup je me suis mis à courir. Ventre à terre. Comme si j'avais le diable à mes trousses. Je savais qu'elle ne pourrait pas me suivre. Je courais le long de la Garonne, Chico sur mes talons. Je pensais juste : *Tu es libre, mon gars, tu rentres chez toi. Tu es libre !*

Essoufflé, je me suis arrêté sous un arbre après une bonne demi-heure de course, Chico s'est assis sur son arrière-train à côté de moi, la langue pendante et sautillante de transpiration. Vrai, j'ai eu l'impression qu'il se marrait.

J'ai logé à la caserne le temps de faire les papiers pour l'Espagne, et de donner mon congé. Franco était mort, et avec mes années de Légion étrangère, ma naturalisation, on ne pouvait plus me parler de service militaire, on ne pouvait plus rien me demander.

Fanfan est venue faire du scandale devant la caserne, elle glapissait des injures au planton qui refusait de me faire chercher. Le colonel m'a convoqué et demandé de faire cesser ce tapage, mais je lui ai avoué mon impuissance. Il a tenté le lendemain d'aller la voir, de négocier quelque chose, mais elle l'a abreuvé d'injures, se moquant de son grade trop court, comme vraisemblablement la taille de son sexe. Elle ne voulait parler qu'à un général, pas moins. Nous étions tous, moi compris, des minables, et elle priait pour qu'il n'y ait plus jamais de guerre, car ce n'était pas ce ramassis de lopettes qui allait sauver la France des envahisseurs. Le colonel est revenu fumasse et les copains ont redoublé de moqueries, mais au fond, je sentais une petite pointe de respect : qu'une femme se mette dans des états pareils et soit capable de clouer le bec au colonel pour moi redorait mon blason. Fanfan restait des heures devant la barrière, et apostrophait tout le monde.

Au fil des jours, pourtant, nous avons tous remarqué certains changements notables dans son comportement. Un matin, elle cessa de hurler, la caserne recouvra son calme. Elle n'arrivait plus hirsute, mais coiffée de nouveau de belles tresses compliquées. Un autre jour, le rouge à lèvres réapparut, celui qui lui faisait une bouche rouge comme une grenade d'Elche ; les robes colorées, moulant ses formes plus que généreuses, suivirent de près.

Un jour, elle ne vint plus. J'appris avec soulagement que le planton avait pris ma place, quand il m'aborda timidement pour me demander la permission de vivre avec elle, croyant me piquer ma femme. Comme moi, à mon arrivée, il s'était laissé séduire par sa gouaille, sa présence qui remplissait le monde quand elle voulait s'en donner la peine. Il était timide autant qu'elle était exubérante. Bien évidemment, elle l'appelait le petit Blanc et pour une fois, ce n'était pas usurpé, le planton débarquait de sa Normandie natale, il était blanc comme les falaises d'Étretat. Elle lui avait raconté des horreurs sur mon compte : j'étais impuissant et stérile, je ne pouvais pas lui faire d'enfant, je ne la regardais plus comme une femme, je l'avais abandonnée, etc. Elle me soupçonnait même d'avoir une attirance pour les hommes. Elle expliquait ses cris et ses injures par l'expression d'une colère légitime : je lui devais de l'argent. Pour m'ôter définitivement tout scrupule, je signai un chèque de trois mois de loyer que j'envoyai par la poste. Je n'entendis plus parler d'elle.

Je suis rentré en Espagne à pied, avec Chico. Il me fallait quelque chose de long, de fatigant, pour pouvoir passer d'une vie à l'autre. L'avion, le train auraient été trop rapides, le choc trop violent.

Le bus, comme à l'aller, m'a laissé à Canfranc. Je me suis demandé pourquoi je n'étais pas revenu plus tôt. Le pays m'attendait. Je n'avais rien oublié. Ni les couleurs, ni les odeurs, ni les bruits. Les bonjours jetés au vent des vieux messieurs que je croisais et qui m'arrêtaient toujours pour me demander où j'allais, ou pour me complimenter sur mon chien qui marchait quasiment entre mes jambes. Le goût inimitable du café au lait pris au comptoir, rapidement, un œil sur l'immense écran télé. Les amandiers en fleur, le chemin blanc et sec, les oliviers. Ma joie a atteint un certain paroxysme le jour où j'ai reconnu le chant de la huppe, si caractéristique. « Ça y est, Chico, on est chez nous ! »

Je n'étais plus un étranger. Je distinguais des améliorations notables, des traces indéniables de progrès, mais le ciel était le même, collé contre une terre toujours aussi vaste et d'une platitude à peine maculée par quelques cultures, quelques hameaux isolés. La Sierra encore enneigée murmurait qu'on n'était qu'au début du printemps, comme lorsque j'étais parti. Cette similitude de dates me rendait heureux, je me disais que le hasard avait bien fait les choses, que la parenthèse se refermait d'elle-même. Je passais de longues heures à penser à Guzmán et à la vieille Pilar. Je m'en voulais de ne pas avoir cherché à savoir ce qu'ils étaient devenus. Peut-être que le Père saurait quelque chose.

J'ai pris une chambre d'hôtel le dernier soir, je ne voulais pas arriver crasseux, comme un vagabond. Le lendemain matin, avant de prendre le bus, j'ai mariné dans un bain chaud pendant une heure, j'ai coupé mes ongles bien proprement et j'ai mis ma plus belle chemise, avec un costume sombre de bonne qualité que la patronne de l'hôtel avait eu la gentillesse de me repasser. Je suis allé chez le barbier pour une coupe et un rasage impeccable. Je me suis trouvé beau en partant, du moins j'avais bonne allure. Les années passées à la Légion m'avaient étoffé : je ne faisais plus gringalet, et on sentait qu'il valait mieux ne pas trop m'agacer.

À l'arrêt de bus du village, tout le monde m'attendait sous le soleil éblouissant. La famille au grand complet. Avec mes nouvelles habitudes de Français solitaire, j'en ai eu presque honte. Il y avait le Père en premier, qui m'a pris dans ses bras et m'a gardé longtemps contre lui, sans rien dire, avec une grande retenue. Je me suis senti me désagréger lentement, me fondre dans son amour contre son torse resté si puissant. Il était toujours aussi grand, il ne s'était pas voûté comme je l'avais imaginé et il me dépassait encore d'une bonne tête. Mes yeux se sont voilés de larmes, mais j'ai pu distinguer la Tía Cayetana, derrière lui, qui attendait son tour. Elle avait la tête haute et le même regard fier qu'à son procès. Le Père m'avait raconté que ma lettre l'avait beaucoup perturbée, qu'elle avait disparu quelques jours après et qu'elle avait eu des hallucinations. On l'avait retrouvée à Medina del Campo, elle croyait être à Tarifa. Sergio avait augmenté son traitement, elle allait mieux, mais elle refusait toujours de revenir habiter au village. Elle m'a pris elle aussi contre elle. Je restais immobile, engoncé dans une timidité d'étranger, statufié par l'émotion. Blanca est venue devant moi, son regard parlait pour elle, un regard douloureux. J'ai dit : « Pardon, Blanca, pardon », c'est tout ce que je pouvais faire, avant qu'elle ne m'étreigne. Ils ont tous défilé, comme pour un enterrement : c'était moi le mort, et on pouvait encore m'embrasser. Ezra m'a tenu longtemps dans ses bras, je savais qu'il ne dirait rien, mais l'émotion était là. J'ai vu les larmes couler sous ses lunettes noires, j'ai senti ses bras puissants me pétrir comme une pâte à pain. Marco Polo l'a presque bousculé pour me tenir à son tour et c'était le même cœur affolé que je sentais sous la chemise légèrement humide de transpiration. Puis ce fut le tour de ceux que je ne reconnaissais pas, ou à peine, de leurs femmes et de leurs maris que je n'avais jamais rencontrés, des gosses qui couraient partout. J'étais perdu, immobile, un sourire grimaçant punaisé entre les deux oreilles, laissant entrevoir mes dents serrées, ma mâchoire crispée. Puis, dans la foule, j'ai entendu le bandonéon. La petite marée humaine s'est divisée en deux, comme la mer Rouge devant Moïse, et là-bas au bout marchait El Bueno au son du *Tango para Catalina.* Il n'avait pas oublié que c'était mon morceau préféré, celui qu'il me jouait les jours de spleen quand les chambres d'hôtel étaient trop miséreuses et que nous n'avions rien à manger. L'air qui rendait la vie à la vieille Pilar épuisée. Elle m'entraînait alors dans une marche où je devais être fluide et pourtant rigide. « Écoute la musique, disait-elle, n'écoute que ça. Sers-toi de ton corps pour me dire ce que je dois faire, comment je dois danser pour t'accompagner. Sers-toi de moi, pour être toi, laisse faire l'âme du tango. »

Guzmán venait à moi par jets musicaux, avançant, reculant, tournoyant sur lui-même, reprenant sa marche, sans lâcher la mélodie. C'était trop bouleversant, j'ai été secoué de sanglots monstrueux et pourtant silencieux. La musique entrait dans ma poitrine comme si j'en avais été assoiffé depuis tant d'années, et j'étais terrorisé à l'idée de ne plus pouvoir arrêter de pleurer. Les larmes coulaient sur mes joues, je ne prenais même plus la peine de les essuyer. Le morceau fini, le Père a hurlé un « Silence ! » qui a calmé le joyeux brouhaha et m'a permis de reprendre quelque peu mes esprits. J'ai pu serrer Guzmán dans mes bras, sans rien dire, seulement continuer à hoqueter contre lui. Il m'a gardé longtemps, il me caressait le dos et me tapotait les reins à intervalles réguliers, les sanglots ont cessé.

La Tía Caya m'a pris d'autorité par un bras, le Père par l'autre, et ils m'ont entraîné dans les rues du village. Je n'avais toujours pas dit un mot. Le troupeau familial, docile et bêlant, a suivi, comme pour un mariage cette fois. C'était bon de sentir la fierté de mon père et sa main qui, de temps à autre, me serrait plus fortement comme pour mieux me tâter, s'assurer de ma présence. Les villageois sortaient de chez eux et c'était encore des mains à serrer.

Il y a eu Marisol, tout à coup. Une belle fille à la peau blanche et aux cheveux de jais. Je me la rappelais enfant, jolie déjà, espiègle et sautillante. Elle avait grandi et semblait plus timide, les yeux rivés au sol. Je me suis trouvé à court de mots, là encore, pourtant je devinais qu'il fallait que je lui dise bonjour, a minima, que tout le monde attendait une réaction de ma part. Les minutes tournaient au ralenti, les mouches volaient comme des bombardiers. Chico m'a lancé un regard discret, puis il est allé la renifler de près, lui a tourné autour et, visiblement satisfait, il s'est assis à côté d'elle, tout contre sa jambe. Elle a dit : « Il est beau ton chien, il a l'air gentil. — Toi aussi tu es belle », j'ai répondu. J'ai perçu la pression un peu plus appuyée du bras de Père et à l'inverse, comme en écho, celui de la Tía se détendre. La foule s'est mise à respirer et à vrombir de nouveau. Nous avons repris notre procession, j'ai senti longtemps les yeux de Marisol sur ma nuque, et j'ai remercié Chico d'une caresse appuyée. Je rentrais à la maison et je pouvais recommencer à m'appeler Gonzalo.

Il a fallu, pendant les semaines qui ont suivi, raconter. L'Allemagne, la France, Toulouse, la Légion. Je n'ai pas parlé de Fanfan, au début. J'ai juste dit que j'étais seul.

Le Père avait tenu ses promesses : il m'avait trouvé une maison à acheter dans le village, avec un petit bout de jardin. Le prix était dérisoire par rapport à ceux pratiqués en France, je n'y ai laissé qu'une partie infime de mes économies, j'étais à l'abri pour un moment, même si je ne trouvais pas de boulot. Mais là aussi, le Père avait tout négocié : à la coopérative agricole, Constantino, le patron, que tout le monde appelait El Dueño, m'attendait de pied ferme, avec un emploi de veilleur de nuit, d'agent de sécurité. Les temps avaient changé et il n'était pas rare que des voyous de Badajoz ou même de Cáceres viennent voler jusqu'ici. Mes années à l'armée faisaient de moi une bonne recrue sur le papier. Mais Constantino a été plus impressionné par mon chien, il a vu comment il m'obéissait au doigt et à l'œil et comment il pouvait avoir l'air féroce quand c'était nécessaire. Il a été tellement ébloui qu'il m'a dit en plaisantant que pour un peu c'est à Chico qu'il aurait fait signer le contrat.

J'ai repeint la maison dehors comme dedans, acheté une cuisine neuve chez Ikea que j'ai montée moi-même. J'ai installé, avec l'aide d'Ezra qui sait tout faire, une vraie salle de bains avec baignoire et douche à l'italienne. J'espérais qu'un jour Marisol viendrait habiter avec moi. Il n'y avait que moi qui l'appelais Marisol, depuis l'enfance elle avait été affublée du surnom de Mange-Miette. Personne ne savait qui était son père. Sa mère était une vieille fille qui vivait chichement de travaux de couture, d'un potager et de quelques chèvres. Je ne me souvenais pas d'elle, cette vieille Macarena qu'on disait un peu sorcière et marginale, avec un caractère de sanglier. Elle avait disparu un matin sur le chemin de la Sierra de San Pedro, et elle était revenue au bout de quelques mois, enceinte de la montagne. Il n'y avait que la Tía Caya qui ne croyait pas au conte. Elle levait les yeux au ciel et disait que la montagne avait bon dos et qu'il fallait plutôt chercher du côté de Trujillo et des ouvriers de l'autoroute.

La Macarena avait donc mis au monde prématurément une petite fille, si maigre qu'on avait longtemps pensé qu'elle ne survivrait pas. La petite était restée menue, elle picorait plutôt qu'elle ne mangeait. On la trouvait souvent sur un banc du village ou sur le bord du chemin à grignoter un quignon de pain qu'elle émiettait avant de le manger, d'où son surnom.

Mange-Miette venait souvent me voir, et nous restions assis sur le devant de la maison à discuter ou à jouer avec le chien. Ils s'entendaient tous les deux comme larrons en foire. Je ne voulais pas la brusquer, et surtout je sentais qu'elle m'aimait bien elle aussi.

«Je me moque que tu sois plus âgé que moi, du moment que tu as un cœur solide qui ne va pas lâcher au mauvais moment.»

Elle me parlait de mon cœur si souvent que j'ai fini par aller voir le médecin, pensant qu'elle avait peut-être des dons divinatoires comme sa mère. J'ai reconnu le docteur, nous avions été à l'école ensemble. C'était drôle de voir son véritable nom écrit en lettres d'or sur sa plaque, pour moi il restait Guépard. Depuis la maternelle, nous l'appelions ainsi, parce qu'il courait plus vite que tout le monde. Il avait fait un peu de compétition à l'adolescence et il avait gagné quelques prix relativement prestigieux.

Curieusement, il n'a pas eu l'air surpris quand je lui

ai dit que c'était ma future femme qui s'inquiétait de l'état de mes coronaires et que je voulais lui prouver que je vivrais vieux, qu'elle pouvait s'engager. Il m'a fait un électrocardiogramme, et j'ai emballé le certificat dans du papier cadeau, Marisol a apprécié.

J'avais néanmoins un grave problème avec cette fille. Elle était jolie, mais elle ne m'inspirait pas. Je savais bien ce qu'elle cherchait quand elle venait s'asseoir à côté de moi, et que sa cuisse touchait la mienne. Mais je n'éprouvais aucun désir physique. Je mettais ça tour à tour sur le compte de la fatigue, du changement radical de vie, je lui disais qu'il fallait me laisser un peu de temps, que j'attendais le mariage, enfin ce genre d'excuses mensongères que j'imaginais encore susceptibles d'embobiner une jeune femme espagnole jamais sortie de son village. Mais non seulement Marisol était loin d'être la cruche que j'aurais bien voulu qu'elle soit, mais intérieurement je commençais à avoir moi-même des doutes sur ma virilité. Je repensais à Fanfan et ses rites vaudous, je me réveillais la nuit en sueur et la voyais dans mes cauchemars fabriquer des poupées à mon effigie dans lesquelles elle enfonçait des aiguilles au niveau de mon sexe. Elle murmurait en créole que, loin d'elle, je ne serais plus jamais un homme.

Inquiet, et sans honte, j'ai alors demandé à ceux que je jugeais dignes de confiance de m'aider à trouver la cause de ma faiblesse, d'y apporter une solution afin que je retrouve ma virilité. Le fait d'étaler mon indigence amoureuse et sexuelle ne choquait personne, bien au contraire, j'ai été surpris de trouver chez mes interlocuteurs une écoute sincère et patiente. Le problème, c'est qu'ils ne m'aidaient en aucune manière : ils profitaient tous de l'occasion pour me fourguer leur propre dénuement, leur détresse sourde et je repartais le plus souvent le cœur encore plus lourd qu'auparavant.

Mange-Miette

Il faut que je te parle de moi, Gonzalo, parce que après tu pourrais décider de ne plus vouloir m'épouser. Ici, à peu près tout le monde connaît l'histoire, tu ne peux pas être le seul à l'ignorer. Il faut que je te confie tout ça avant d'avoir trop d'intimité avec toi, sinon bientôt je n'en aurai plus la force, la honte l'emportera sur l'honnêteté.

J'ai un défaut, Gonzalo, un petit accroc qu'il faut que tu acceptes en connaissance de cause. Que tu ne me rejettes pas ensuite en pensant : *C'est trop déchiré.*

Tu ne seras pas mon premier homme. Cela veut dire que je ne suis plus vierge, et c'est assez commun de nos jours, mais chez moi c'est encore plus fort. Je veux dire par là que je ne suis plus vierge encore plus profondément que les filles de mon âge. Je vais t'expliquer.

Avant de te connaître, j'ai eu quelques aventures avec des hommes jeunes. Peu, et c'étaient des aventures sans lendemain, qui ne m'apportaient rien, je sentais confusément que je désirais autre chose. Et puis, un jour, je suis tombée amoureuse d'un homme plus âgé. Enfin, « un jour », c'est une expression, il m'a fallu du temps pour m'en apercevoir. Du temps pour me rendre compte que je l'attendais, que mon cœur bondissait dans ma poitrine quand je le voyais, enfin tous ces trucs qui te rendent rêveuse et un peu idiote au quotidien. Je ne savais pas à qui en parler, maman n'était plus là.

Cet homme, je l'ai rencontré au supermarché, celui où je travaillais à l'époque, en attendant une place de couturière. Il passait souvent, faire deux trois courses ou acheter des bières pour ses ouvriers vers midi. Il n'avait pas beaucoup de temps, il avait un travail important, un gros garage qui réparait tout ce qui avait un moteur dans la région. Au début, je l'ai vu seulement comme un client avec qui je discutais à la caisse, sans plus. Il était riche, c'était un patron, alors tu penses, est-ce que je pouvais l'intéresser, moi, avec mon petit boulot de vendeuse ? Je sais juste que, quand je le voyais arriver à ma caisse ou que je le croisais dans les rayons, ma journée n'était pas la même. Il était gentil, et il me laissait toujours un euro de pourboire. « Pour la jolie caissière », il disait. Il me donnait jusqu'à cinq euros le dimanche, simplement parce que c'était dimanche. Il me parlait, il m'appelait Marisol, comme toi. Il venait tous les jours, et lorsque c'était en début d'après-midi, je pouvais prendre un peu de temps pour être avec lui, on s'asseyait sur les packs de bières dans le fond du magasin. Il parlait de son travail, il disait que je savais écouter, que personne ne l'écoutait dans sa vie. Il était vieux pour moi, mais j'ai toujours entendu que, dans ce sens-là, ce n'est pas un problème, que les hommes plus âgés ont plus d'expérience et plus de patience. C'était vrai, je trouvais qu'il disait moins de bêtises que les jeunes de mon âge, il était plus grave, plus réfléchi. Il parlait de choses que je ne connaissais pas ou faisait référence à des événements du passé que je n'avais pas vécus et dont j'ignorais l'importance, il m'apprenait énormément de choses, j'aimais l'écouter.

Un jour, en août, il m'a proposé d'aller boire un verre ailleurs, un soir. J'ai dit oui. J'avais peur, tu ne peux pas imaginer. J'y suis allée quand même, après la fermeture. J'étais ennuyée, parce que je sentais la transpiration, il avait fait chaud, j'avais couru partout toute la journée. Je le lui ai dit, «j'ai peur de sentir le poireau», il a rigolé, il a dit qu'il aimait beaucoup le poireau et que c'étaient les gens qui ne foutaient rien qui l'agaçaient. C'est ce que j'aimais bien avec lui, tout ce que je disais l'amusait, il pensait que je lui faisais du bien après une journée de travail, à raconter mes petites histoires de rien du tout. Je parlais des clients de la supérette, des saisons qui changeaient, des histoires de tracts politiques de Dolores, ma seule amie, de ses revendications multiples. Je parlais des livreurs, des colères du patron contre l'État, les impôts, les charges sociales. Je lui disais tout ce qui me passait par la cervelle, et il y a quand même pas mal de choses dedans, bien qu'on pense parfois le contraire parce que je suis une gosse de vieux. Je ne dis pas que je suis exceptionnellement intelligente, mais je crois que je pourrais te faire rire, Gonzalo, et t'apprendre quelques trucs de jeunes dont tu n'as même pas idée.

Un autre jour, il m'a tenu la main, dans la rue, à Mérida. Il m'avait invitée au restaurant là-bas. C'était un vrai rendez-vous, j'avais eu le temps de me préparer, de me faire belle. J'avais un peu moins peur de lui aussi, même si sa voix était forte et dure. Une voix de juge qui coupe des têtes, je pensais. Et puis, pour la première fois de ma vie, j'avais envie de faire l'amour, vraiment. Il sentait bon, l'après-rasage et l'homme mélangés, ça me donnait envie de poser ma bouche sur son cou. On aurait dit qu'il y avait une petite place juste pour mes lèvres. Parfois, d'y penser à cette petite place, j'avais mal au ventre, et les jambes molles. J'étais contente, je me disais que ça devait être ça, le désir. Parfois, je ressens ça avec toi, Gonzalo, ça me rassure et ça me fait peur en même temps.

Un soir, c'est moi qui ai osé l'inviter chez moi. C'était mon jour de congé, tu comprends. Je ne te dis pas comme j'ai tout préparé. J'ai rangé mes trente mètres carrés centimètre par centimètre, j'ai tout récuré. J'ai même enlevé Monsieur Toby de dessus mon lit. Ce n'est pas que j'avais honte de lui – je sais qu'il y a beaucoup de filles de mon âge qui gardent encore leur ours en peluche sur leur lit – c'est que je craignais que Monsieur Toby ne me voie faire l'amour. Je l'ai rangé dans le placard, mais pas n'importe comment, dans un petit lit que j'ai improvisé avec des tee-shirts et un pull. Je lui ai dit que je viendrais le chercher dès que ce serait possible et je lui ai fait la promesse de réparer mieux l'oreille que maman lui a arrachée un jour où elle était très fâchée après moi et qu'elle avait voulu me l'enlever des bras, pauvre Monsieur Toby. En fermant la porte du placard, j'avais l'impression d'être une mère indigne.

Donc il est venu chez moi. Je ne te cache pas que j'avais bu deux verres de vin rouge avant qu'il arrive, pour être un peu plus tranquille et souriante. Je lui en ai proposé un, il a dit oui tout de suite, lui aussi était mal à l'aise. Ça nous a fait du bien, il l'a trouvé très bien, mon rioja. Je ne lui ai pas dit que c'était un valdepeñas à un euro vingt-cinq, que j'avais transvasé dans une bouteille vide de rioja du bac de récupération.

Je sais ce que tu attends. Que je fasse l'amour. Je l'avais déjà fait, je te rappelle. Mais ce n'était pas pour moi ce qu'on raconte, je trouvais ça bien, je ne dis pas, mais de là à en faire un roman, ou se tuer pour ça, je ne comprenais pas. Je ne savais pas ce qu'était le plaisir, mais j'étais presque sûre d'être passée à côté, vu tout ce qu'on en disait.

Lui, il a aimé, trop, peut-être, et c'est là que mes emmerdes ont commencé. Il a joui, il a poussé un grand cri et il s'est effondré sur moi. Comme s'il avait exagérément du plaisir ou exagérément mal. Et puis plus rien. Il était lourd, il m'empêchait de respirer. Je lui ai demandé de se retirer, gentiment, pour ne pas le vexer, et comme il ne répondait toujours pas, je l'ai poussé légèrement sur le côté. Il a basculé d'un seul morceau. Oh ! Gonzalo, si tu avais vu son visage ! Tout crispé, tendu de douleur, et bleu-gris. J'ai crié, je l'ai secoué, rien n'y a fait. Je suis restée longtemps à le regarder, comme une bécasse, au lieu d'appeler les secours. Mais j'avais compris qu'il était trop tard.

J'ai commencé à errer dans la maison. Je suis allée chercher Monsieur Toby, je l'ai pris dans mes bras et nous sommes allés nous installer dans le petit fauteuil en face du lit. J'ai cru devenir folle, j'ai senti que je ne tournais vraiment plus rond. Tu sais ce qui me faisait le plus drôle ? Je ne sais pas si je vais oser te le dire, tu vas te moquer de moi. Je pensais que j'avais en moi le sperme vivant d'un type mort. Toutes ces petites cellules qui ne savaient pas que leur géniteur, lui, était en train de refroidir sur mon lit.

J'ai dû rester des heures comme ça, dans le noir à le regarder. Il n'avait pas bougé d'un pouce depuis que je l'avais poussé. Il était mort, c'était sûr. J'étais choquée. Maman aussi était morte, elle ne pouvait pas m'aider. Ma Dolores, ma Lola, était partie en stage pour trois mois à Valence, à l'autre bout de l'Espagne, pour ses études et je me demandais si je pouvais faire le trajet dans ce qu'il me restait de nuit, pour la retrouver. Elle aurait su quoi faire, elle est tellement forte, même le patron du supermarché en a peur. Monsieur Toby me disait qu'il fallait que j'appelle la police, mais je n'avais pas le courage d'aller jusqu'au téléphone. Je ne savais même pas où j'avais bien pu le poser, en mode « réunion » pour ne pas être dérangée. Monsieur Toby et moi, on a bien rigolé quand même, avec le mode « réunion ». Et puis j'ai arrêté de rire. Monsieur Toby était une peluche avec qui je gloussais comme une dinde, alors qu'un homme mort gisait sur mon lit.

J'ai fini par appeler la police. Les flics sont venus avec les pompiers. Ils ont téléphoné à sa femme, qui est venue me vomir des insultes au visage, je ne savais pas qu'il était marié, qu'il avait des enfants, il ne m'en avait jamais parlé. Bien sûr, ils m'ont emmenée au poste. J'y suis restée toute la nuit et une journée entière, j'étais épuisée. Je n'ai pas mangé et presque pas bu pendant tout ce temps, tu te rends compte ? J'avais peur, peur qu'ils me gardent, peur d'aller en prison, je ne voulais pas de leurs sandwichs, j'avais trop envie de vomir. Ils ne me regardaient pas comme une personne normale, ils avaient des yeux durs, ils me posaient des questions bizarres, comment nous avions eu notre « rapport sexuel », ce que nous avions fait. Ils parlaient de fouets, de lacets, de médicaments, ou d'autres trucs encore plus moches. Ils voulaient savoir ce que j'aimais en matière de sexe, combien j'avais eu d'amants jusqu'à maintenant. Ils me posaient les questions crûment, directement, avec des mots horribles. Ils voulaient savoir si j'étais une prostituée. Je les voyais rire entre eux parfois, en me regardant. J'aurais tellement aimé que maman soit là, elle aurait su me protéger, faire qu'ils me parlent avec plus de respect, toute vieille qu'elle était. Elle les aurait regardés avec son air méprisant et ils se seraient sentis comme des petits garçons. Ils n'auraient jamais osé me poser toutes ces questions ignobles devant elle.

Ils m'ont laissée partir quand le médecin légiste a confirmé qu'il était mort d'une crise cardiaque. Mais je devais rester à leur disposition, je ne pouvais pas quitter la ville. Je me suis cachée pendant des jours. Il y avait des journalistes dans les rues qui me cherchaient. Parfois, on venait sonner à ma porte, j'arrêtais de respirer pour ne pas qu'on m'entende, qu'on sache que j'étais là. Les gens ne me disaient plus bonjour et ils me regardaient avec mépris. J'avais l'impression d'être une paria. Mais le temps a passé, et surtout, heureusement pour moi, Amadeo le boulanger a tué sa femme et ses trois enfants avant de retourner l'arme contre lui, quinze jours à peine après mon histoire. Les charognards ont regardé ailleurs.

Pendant quelque temps, j'ai cru pouvoir me débrouiller

toute seule, enfermée chez moi, Guépard m'avait arrêtée pour dépression. Je ne pouvais vraiment pas aller travailler, tu sais, tout le monde me connaissait au supermarché, et je craignais trop que sa femme ne revienne m'insulter, ou ses enfants, je ne savais même pas quel âge ils avaient. Peut-être qu'ils étaient assez grands pour me faire la peau.

Je suis restée avec Monsieur Toby, lui et moi on était bien, comme quand j'étais petite. Ne t'inquiète pas, je te l'ai dit, je sais que c'est une peluche.

Je crois que j'aurais pu rester seule, enfermée, toute ma vie, si je n'avais pas eu un autre problème, encore plus insurmontable et qui m'a poussée à sortir de mon antre, parce que je ne pouvais pas le résoudre seule : je me suis aperçue que j'étais enceinte. Enceinte, oui. Avec les événements, la garde à vue, je n'avais pas pris ma pilule, j'avais totalement oublié. Je me suis demandé longtemps comment c'était possible, avant d'avoir la terreur de ce qui poussait en moi. Un truc à moitié mort certainement.

Guépard a eu pitié. Il m'a donné une adresse à Madrid pour enlever la grossesse qui était déjà trop avancée, et comme je restais anéantie dans son cabinet, il a pris les rendez-vous pour moi. Il a aussi appelé ton père pour le voyage. Máximiliano était venu le voir la veille, pour un lumbago qui tombait mal : il devait faire la route jusqu'à Madrid pour un salon du vin important. Guépard lui a demandé de m'emmener et de me déposer devant la clinique avant la foire, si c'était possible. Ton père a accepté.

Máxi est venu me chercher le lendemain vers quatre

heures du matin, nous avons fait la route ensemble, sans dire un mot. Entre lui qui devait faire des pauses pour son dos trop douloureux et moi qui vomissais toutes les demi-heures, tu imagines la promenade. On ne se parlait pas, mais je crois que de n'être pas bien tous les deux, ça nous rapprochait, on se faisait des pauvres sourires de temps à autre. Il m'a déposée devant la clinique à huit heures comme prévu et il est revenu me chercher le soir. J'avais mal au ventre, au cœur, j'étais tellement triste. Je me suis assise avec difficulté dans la camionnette. Il m'a demandé si ça allait, j'étais blanche comme un linge. Je ne sais pas ce qui m'a pris, je me suis laissée tomber contre lui et j'ai pleuré comme une fontaine. Il m'a caressé les cheveux longtemps avant de démarrer, il disait juste : « C'est rien, ça va aller. » Il savait bien ce qui se passait pour moi, et puis avec la clinique, pas besoin d'être Ramón y Cajal pour comprendre. Je crois même qu'il avait deviné dès l'aller, avec les arrêts au bord de la route pour mon estomac révulsé.

Pendant tout le voyage du retour, il a parlé. Il conduisait, je somnolais vaguement, j'étais bien. Il continuait à me caresser la tête de temps à autre sans vraiment y penser, et tu vois, pour la première fois de ma vie, je me suis dit qu'il m'avait manqué un père.

Au début, il m'a raconté des trucs sur la foire où il avait été, sur la vigne, les cépages qu'il projetait d'introduire, pour un vin plus tannique. Ensuite il a dévié sur sa vie qui n'était pas comme il l'avait rêvée, sur des choix qu'il avait faits et qui n'étaient peut-être pas les bons. Il n'entrait pas dans les détails, mais je sentais en lui une fragilité égale à la mienne, malgré la différence d'âge, de sexe, de position sociale. Il en est arrivé à me parler de ses sentiments de père, à me raconter des anecdotes sur toi quand tu étais petit, il m'a dit que tu avais terriblement grandi et que tu allais bientôt revenir. À la fin, il faisait ta publicité comme s'il voulait te vendre, ça a duré longtemps. Ton père, il t'aime, Gonzalo, je peux te le garantir, j'aurais tellement aimé avoir un père qui parle de moi comme ça. Et puis, il m'a déposée devant chez moi. Je n'avais toujours pas pigé où il voulait en venir quand il m'a ouvert la portière pour que je puisse descendre sans difficulté. Là, après s'être assuré que j'avais mes clefs, que j'allais pouvoir rentrer, il m'a dit sur le pas de la porte :

« Mon fils, il a besoin d'une femme. Si tu l'épouses, je ne te garantis pas le bonheur, je te garantis la sécurité, une certaine aisance financière qui t'empêchera d'avoir peur du lendemain et te permettra de continuer à apprendre ta couture. Gonzalo, il était beau quand il est parti, il reviendra pareil, tu ne seras pas déçue. Il est plus âgé que toi, mais il est encore dans la force de l'âge et il veut des gamins. Si tu épouses mon fils, tes études et tes enfants, tu pourras les terminer. »

Máxi

Je suis ton père, Gonzalo, et je suis touché que tu aies assez confiance en moi pour me parler de ton problème d'homme. Mais je suis bien mal placé pour te dire comment faire, parce que je ne suis pas le modèle que tu crois. Je peux te dire certaines choses à présent, tu es un adulte bien construit, même si ton chemin de sagesse t'a éloigné de moi. Mais il n'y a pas que ça. Il y avait d'autres enjeux derrière ton retour, dont tu n'as pas conscience et dont il faut que je te parle. J'ai tenu toutes ces années parce que je t'attendais. Si tu n'étais pas revenu, c'est ma vie entière qui n'aurait été qu'une vaste farce, un mauvais choix. J'ai besoin de te voir heureux pour pouvoir mourir tranquille, Gonzalo, mais ce désir va bien au-delà du sincère amour d'un père pour son fils : c'est la justification de mon drame intérieur.

Moi, je n'ai pas eu de père pour m'accompagner sur la route, pour me tenir la main, il est mort trop jeune, et ton arrière-grand-père, que j'ai toujours appelé « le vieux » avec mépris, ne m'a jamais considéré. Je ne pouvais pas me confier à lui, il était comme un patron et je restais un ouvrier agricole au même titre que les autres.

Je n'ai su que beaucoup plus tard qu'il était le salaud dont la Tía Caya a bien fait de nous débarrasser. Si j'avais eu la moindre idée du calvaire de ta tante, c'est moi qui l'aurais tué ce vieux pervers, d'un coup de fusil, et finalement ça aurait été trop rapide. Tu sais que la culpabilité me ronge encore aujourd'hui, de n'avoir rien vu, rien soupçonné ? La seule chose qui m'apaise, c'est de voir ma sœur rire quand elle va bien et qu'elle passe boire un fino après ses courses. J'aime tant parler avec elle d'un temps qui n'est plus. Elle se moque de l'ancien monde et se débrouille toujours pour m'attirer dans celui de demain. Elle est beaucoup plus intelligente que moi.

Pour en revenir à ma jeunesse, au village, j'étais toujours tout seul, comme un orphelin, le vieux ne s'occupait pas de moi et Cayetana était partie faire ses études à Badajoz pour s'échapper. Je croyais ne pas avoir de futur, ne pas être assez courageux pour partir moi aussi. Heureusement j'avais un ami, un gamin un peu plus jeune que moi qui s'appelait Paco, mais que tout le monde appelait Poco, parce qu'il était si petit, si frêle qu'il faisait beaucoup moins que son âge. Âgé de treize ans alors que j'en avais seize, il était toujours sur mes talons et on nous prenait souvent pour deux frères, il me vénérait comme un dieu. Il m'escortait, fidèle disciple, depuis que je lui avais évité le ceinturon, un jour où son père, après avoir fait la tournée des bars comme à son habitude, avait voulu le dérouiller. Il avait préalablement essuyé ses poings sur sa femme, dans une crise de démence. Alerté par les hurlements, j'étais entré dans la maison et j'avais maîtrisé l'homme avec facilité du fait de son ivresse, avant d'alerter les autorités. Il était trop tard pour la mère, à cause d'un mauvais coup porté à la tempe le sang lui avait noyé le cerveau. Poco avait pu sortir indemne de toute commotion et il m'avait alors vu comme son sauveur. Son père en prison, sa mère décédée, l'adolescent avait été confié à sa grand-mère maternelle, une vieille femme obèse et impotente bien en difficulté pour élever cet enfant qu'elle n'avait jamais aimé, ce rejeton du criminel qui avait assassiné sa fille unique. Poco me suivait donc comme un chien sans maître, et la vieille femme s'en trouvait soulagée. À la longue, lui et moi, nous avons mis notre solitude affective dans le pot commun, et il est né entre nous une amitié profonde. Nous allions toujours ensemble, Máxi et Poco, le grand et le petit, ça faisait rire les gens, à l'image de Laurel et Hardy.

Un soir, je me suis empoigné avec le vieux, pour une histoire de semis tardifs. Selon lui, j'avais mal fait les choses, comme d'habitude. Je me suis énervé plus que de coutume et nous en sommes venus aux mains à force d'insultes et de rancœur. Je lui ai asséné une droite bien placée qui l'a mis à genoux, surpris et à moitié estourbi. Ce coup de poing a été pour moi une révélation : j'étais grand, j'étais fort et je pouvais mettre à terre un roc qui jusque-là m'avait paru invincible. Je l'ai laissé là, au milieu de la cour, devant les autres ouvriers incrédules. Plein de rage, je suis parti en me jurant que plus personne dans la vie ne me donnerait des ordres. Plus jamais. J'ai pris quelques affaires rapidement et je suis allé chez Poco, la vieille n'a rien osé dire, elle m'a juste donné un drap pour mettre sur la banquette, j'ai dit que je ne resterais pas.

Le lendemain, je me suis acheté une tente et j'ai décidé de camper sur la terre de ma mère, celle qu'elle m'avait laissée à sa mort. Elle devait me revenir légalement à ma majorité, personne n'oserait m'en expulser d'ici là. De ces quelques hectares de friche j'ai décidé de faire ma propre exploitation, de devenir autonome. C'était une terre pauvre, caillouteuse, mais sur laquelle j'avais dans l'idée de planter de la vigne, des cépages anciens et résistants pour faire mon propre vin. La première chose que j'ai faite, c'est de monter une belle porte : deux piliers immenses en brique rouge, dont partaient deux murs bien blancs – début d'une clôture qui viendrait plus tard – et sur lesquels reposait un fronton par enroulement. Sur le tympan, j'avais peint le nom dont j'avais pompeusement baptisé mes terres : *La Finca des Dieux*. Je n'avais pas l'argent pour acheter la grille en fer forgé qui fermerait cette porte monumentale, alors elle trônait, ouverte à tous les vents, lumineuse le jour, fluorescente la nuit quand la lune venait l'allumer. C'était un véritable phare sur sa butte, Gonzalo, jamais je n'ai été aussi fier de posséder quelque chose. Cette porte sans grille, c'était le début de ma vie, mon départ, une promesse de réussite. Je savais aussi que le vieux ne décolérait pas et qu'il se moquait ouvertement de cette construction démesurée. J'étais sûr que, sous le persiflage, la jalousie l'étouffait.

Il fallait vivre, alors je me suis loué dans les exploitations aux alentours, mais le soir, malgré la fatigue, je rentrais à la finca pour défricher, clôturer. J'y passais mes jours de repos. Poco venait me rejoindre dès qu'il le pouvait, nous passions nos journées ensemble. Avec son aide, j'ai construit un petit chalet, en grosses planches de chêne vert à peine équarries, comme en Amérique, avec un auvent et un balcon. Nous pouvions y manger, y dormir, y vivre. Je m'y suis installé définitivement. Poco m'a suivi de près, la vieille n'y a rien trouvé à redire, bien au contraire.

Les journées, les soirées s'écoulaient heureuses, nous rêvions, nous tirions des plans sur la comète. Je grillais quelques sardines sur un feu de bois allumé à la va-vite, Poco nous servait un verre et nous nous imaginions devenir de grands producteurs vinicoles, voyager autour du monde pour assurer la promotion de la finca. Dans le soir tombant, quand la chaleur lâchait un peu son étreinte, nous fumions dehors sous l'auvent dans un grand fauteuil.

Le soir des dix-huit ans de Poco, je lui ai acheté un magnifique couteau gravé à ses initiales et une belle chemise de taffetas. Nous avons fêté dignement son anniversaire en buvant et mangeant comme des rois, sous un ciel d'airain. L'orage menaçait depuis plusieurs heures, mais ne venait pas nous rafraîchir, au contraire, il ajoutait une couche de plomb à l'atmosphère étouffante qui nous avait assommés toute la journée. Nous nous sommes couchés nus comme d'habitude les nuits de fournaise : impossible de supporter quoi que ce soit sur la peau avec cette chaleur. Poco est venu dans mon lit dès le premier éclair. C'était assez commun, il trouvait toujours un prétexte pour venir contre moi, il avait peur la nuit. Parfois c'était le froid, parfois des bruits curieux, parfois un cauchemar angoissant. Je somnolais, j'ai juste levé le bras pour le prendre contre moi, qu'il se rendorme vite comme quand il était plus jeune. Mais Poco avait grandi et ses sentiments pour moi avaient changé : de fraternels ils étaient devenus amoureux. Il m'a caressé dans la nuit et j'ai aimé. Je l'ai désiré comme jamais je n'avais désiré une femme. J'ai été son premier amant, il fut mon premier amour. J'avais connu des femmes, mais jamais nos rapports n'avaient eu cette densité. Jamais je n'avais ressenti un plaisir aussi intense.

Pendant un peu plus d'un an, nous avons vécu sans nous poser de questions, il y avait le sexe la nuit et le travail le jour. Quand nous allions au village, les gens semblaient ne rien soupçonner, nous étions toujours Máxi et son frère Poco. Je l'aimais, Gonzalo. Je le regardais parfois travailler devant moi, et j'avais la sensation de connaître chaque muscle, chaque duvet qui courait timide sur sa peau diaphane, la texture de ses lèvres, assoiffées ou mouillées de salive, le velouté de son sexe qui gonflait sous mes doigts. Il était pour moi d'une extrême perfection, je n'avais d'yeux que pour lui, et sa proximité m'était devenue indispensable.

Et puis, je ne sais pourquoi, l'amertume est entrée dans nos cœurs, insidieusement. Peut-être à cause des moqueries dont nous avons commencé à faire l'objet, malgré tout. Des allusions sournoises qui fusaient comme des balles pour venir nous frapper en pleine poitrine. Deux hommes qui ne se marient pas et qui vivent ensemble faisaient bien évidemment l'objet de commérages. Ni l'un ni l'autre nous n'étions prêts à assumer cette homosexualité. Nous avons commencé à nous chamailler pour un rien, et au fil du temps ces petites mésententes se sont transformées en véritables disputes. Parfois nous nous battions à coups de poing, j'avais régulièrement le dessus. Je lui cassais la gueule puis je léchais ses plaies et ses bosses et je finissais par le consoler, le cajoler, lui faire l'amour. Parfois c'était lui qui gagnait, parce que j'avais trop bu, il me traitait d'ivrogne, me traînait sur le lit et m'insultait toute la nuit, pour finir par me caresser au matin en s'accusant d'être un méchant garçon.

Et puis, un soir, hors de moi, je l'ai jeté dehors. Il est revenu le lendemain, mais j'ai tenu bon.

« Poco, nous deux, il faut qu'on arrête. Je veux une femme et des enfants. Nous nous sommes trompés, c'est juste un concours de circonstances, nous étions plus que des amis, nous avons pris ça pour de l'amour. Nous n'avons pas d'avenir ici avec cette relation. »

Il a compris, peut-être parce que lui aussi, il voulait une autre vie. Il est parti le soir même pour Séville. J'ai été surpris et peiné qu'il arrive à partir loin de moi, avec autant de rapidité et de facilité. Je l'ai attendu plusieurs jours. Des mois. Il n'est pas revenu.

J'ai mis plusieurs années à me remettre de cet amour de jeunesse. Et puis, j'ai rencontré ta mère. Elle était jeune, gentille, fragile. Je l'ai aimée comme j'ai pu. Dès que tu es né, les choses ont été plus claires pour moi. Je peux dire que ta naissance m'a sauvé : j'avais fait le bon choix, même si une petite voix intérieure continuait à me dire le contraire. Je l'ai fait taire, cette voix, en te voyant grandir, j'ai même cru l'éteindre définitivement. Tu vois, Gonzalo, je ne pourrai jamais te reprocher quoi que ce soit, parce qu'à cette époque-là, tu m'as sauvé la vie, en lui donnant un sens, même si ce n'était pas celui que j'aurais dû choisir.

Elle a continué, cette vie, sans que j'aie de nouvelles de Poco. Sa grand-mère était morte quand nous étions encore à la finca, il n'avait aucune raison de revenir au village. Au hasard d'une foire, j'ai su qu'il habitait à l'autre bout du pays, à Barcelone, qu'il était marié et qu'il avait un enfant lui aussi. Une petite fille. J'ai eu comme un malaise à cette évocation. J'ai prétexté des problèmes de cœur pour m'asseoir un instant, reprendre mes esprits. C'était comme si la porte de la finca s'était effondrée, comme si le passé se fissurait, que l'amour n'avait jamais existé. Il avait tourné la page, et j'imaginais que ça avait été beaucoup plus simple pour lui. Pouvais-je lui en vouloir ? Non.

Je pensais à lui tous les jours, au moins quelques minutes. Pour des sardines, pour un coucher de soleil et une lumière particulière, pour un verre de vin, pour toutes les fois où mes pas m'entraînaient vers la finca abandonnée, par hasard ou par envie. Je ne m'occupais plus de cette terre, je la laissais en friche sous prétexte qu'elle était trop ingrate, mais c'était faux, c'était parce que je ne pouvais aller là-bas sans que mon cœur se recroqueville de tristesse. J'avais de quoi m'occuper avec ce que le vieux m'avait légué, sans penser à me déshériter avant de se faire sauter le caisson. Je pouvais laisser mes souvenirs se momifier.

Les années se sont succédé, ta mère est morte trop jeune et j'ai continué seul. J'ai été triste, mais ma douleur n'avait rien de comparable avec la perte de Poco, je dois en convenir. Ta mère était une femme bien, Gonzalo, je crois lui avoir rendu la vie agréable, mais je n'ai pas pu lui céder la passion de Poco. Quand elle est morte, j'ai travaillé davantage pour ne pas penser, on trouve toujours à faire dans les vignes, avec les saisons qui passent. Mais toi, tu grandissais, et je savais qu'il finirait par te manquer de l'amour maternel, que tu ne serais pas un bon garçon si je ne faisais rien. Je n'ai pas eu le courage de me sacrifier à nouveau, j'ai embauché Blanca. Je l'avais vue attendre Ezra à la sortie de l'école, je l'avais vue regarder ce gosse encore maigrichon comme si c'était Apollon en personne, le prendre dans ses bras et l'écraser contre sa grosse poitrine, le bichonner comme un poulain de deux jours, et lui parler comme à un adulte.

Elle a dit oui rapidement à ma proposition d'embauche. Je savais bien que ce n'était pas pour moi, ma notoriété, ma bonne figure de père veuf et débordé. Ce n'était même pas pour toi, qu'elle ne connaissait pas encore. En bonne louve, elle voulait juste offrir un compagnon de jeu à son Ezra. Nous avons su nous faire aimer d'elle, Gonzalo, toi comme moi, nous avons réussi. Ce n'est pas que nous étions particulièrement attachants, c'est que j'avais vu juste. Cette femme, sans jamais avoir conçu, avait la maternité inscrite dans sa chair.

Quand tu es parti, tu m'as ôté la vie, Gonzalo. Pendant quelques mois, j'ai pensé attenter à mes jours. Tu n'y étais pour rien : je me disais que j'avais tout perdu, ma femme, mon fils, j'avais tout immolé pour un idéal de famille qui n'existait même plus. Ce n'était pas la colère qui m'agitait, comme tu l'as pensé, c'était la peine. Une souffrance atroce, une douleur indescriptible. Je suis passé près de la folie et c'est Guépard qui m'a sauvé. Il m'a prescrit des médicaments pour le moral, certes, mais ce que lui-même ne sait pas c'est qu'il m'a surtout aidé avec une petite phrase, que je me suis souvent répétée quand j'étais vraiment désespéré. Il m'a dit à ton propos : « Ne vous inquiétez pas, Máximiliano, vous avez suffisamment semé en votre fils en presque vingt ans, et même s'il pousse loin de vous, les graines sont bonnes, il reviendra vous en montrer les fruits. » Ce jour-là, il m'a donné l'espoir, ou plutôt il me l'a rendu, et j'ai commencé à t'attendre. Cet espoir ne m'a jamais quitté. Je savais que tu reviendrais, il ne pouvait en être autrement.

Un dimanche, presque dix ans après ton départ, je suis tombé sur Poco au village. La rue est devenue immobile avec juste quelques vibrations de ciel. Je suis resté planté dans le sol : il était revenu, il ne m'avait pas prévenu. Il a tourné la tête vers moi et je n'ai vu que ses cils battre au ralenti, son regard noir brillant comme une obsidienne. Je suis resté quelques minutes abasourdi, incapable de parler, de bouger, de respirer. Et j'ai fait demi-tour, comme si la mort venait de faire son apparition. J'ai couru au petit chalet de la finca, dans lequel je n'avais quasiment pas mis les pieds depuis toutes ces années, j'ai rangé, j'ai nettoyé, j'ai remis les choses en ordre. J'ai même lavé le sol, passé la débroussailleuse tout autour du chalet. Si j'avais eu le temps, j'aurais repeint la porte en blanc. Je suis retourné au village tout aussi vite, j'ai acheté de quoi manger, des bières, du vin, j'ai pris une douche et je me suis fait beau, j'ai rapporté des draps propres et j'ai fait un lit frais, ouvert comme avant. À vingt heures, j'étais fin prêt. Mon cœur sautait dans ma poitrine, j'étais sûr qu'il viendrait. Il savait où me trouver.

Je n'ai pas vu passer les minutes, les heures. J'attendais, assis dans mon fauteuil sous l'auvent comme par le passé, bouillonnant de souvenirs, tout me revenait en mémoire : le travail côte à côte, les douches sous le soleil, les baisers, la violence du désir, le plaisir qui m'écrasait, son sexe contre le mien. Je n'ai pas honte de te dire tout ça, Gonzalo, la honte m'a quitté depuis longtemps. L'amour n'a pas besoin de se disculper. Je n'ai pas choisi de ressentir ces émotions, elles sont venues éclore en moi, et aujourd'hui j'ai enfin la force de les revendiquer.

Poco est venu, mais tard dans la nuit, il avait dû hésiter. Nous n'avons pas parlé, nous n'avons rien bu, nous nous sommes jetés sur le lit. Il était toujours aussi menu, toujours aussi beau, je le caressais comme une pierre précieuse. Fils, je ne pourrais pas t'en dire plus, parce que tu es mon fils, mais sache que si je n'avais, comme certains insectes, qu'une seule nuit à vivre, je choisirais ces quelques heures sans hésiter une seule seconde.

Il est reparti dès le lendemain, nous n'avons pas vraiment parlé. J'ai à nouveau enfilé mon manteau de solitude. J'ai attendu des jours entiers qu'il m'appelle, qu'il me donne signe de vie. Des jours entiers à espérer. Je ne comprenais pas son silence.

Il m'a écrit deux mois plus tard pour m'avouer qu'il avait le sida. Il l'avait contracté quelques années auparavant, il le savait depuis longtemps. Après son départ pour Séville, puis pour Barcelone, il avait tenté comme moi de fonder une famille, d'avoir des enfants. Il avait épousé une femme, il avait eu une fille, mais il avait continué parallèlement à avoir des relations avec des hommes. Beaucoup. Il avait multiplié les rencontres, il connaissait tous les endroits gay de Barcelone, il pouvait avoir plusieurs partenaires par soirée, parfois. Sa femme avait fini par découvrir sa double vie, elle l'avait quitté en emportant l'enfant dont il n'avait que faire de toute façon. Cette séparation avait été une libération, il avait pu alors mener à sa guise sa vie de débauche. Il lui en fallait toujours plus. Une descente aux enfers, accélérée par la drogue et l'alcool. Ce retour au pays, il l'avait vécu comme un testament, une signature en bas de la page d'une existence qui s'achèverait bientôt. Il ne s'était pas protégé et je n'avais rien demandé.

Je n'ai pas eu peur, mais une tristesse incommensurable s'est emparée de moi à nouveau. J'ai pensé être atteint moi aussi, je me trouvais subitement fatigué, fiévreux. Mais la maladie était accessoire, je me moquais bien de mourir, je cherchais seulement une réponse aux multiples questions que je me posais. Comment Poco avait-il pu me faire ça ? Ne m'aimait-il pas un peu ? Voulait-il se venger ? Et de quoi ?

Je suis resté négatif et Poco est mort, sans que j'aie eu de réponses à mes interrogations.

J'ai brûlé le chalet de la Finca des Dieux, avec tout ce qu'il y avait dedans. Ne reste que la porte, qui n'aura jamais de grille. Elle, j'aime encore la regarder en passant, même si elle n'a plus la blancheur, la splendeur du passé.

Guépard

Gonzalo, si je te parle avec ma seule voix de médecin, je peux te dire que tout fonctionne normalement, tes érections matinales te le confirment. Tu n'as pas besoin de traitement, ton cœur est en pleine forme, tu n'es pas diabétique. Par contre, si je change de registre, si je te parle d'homme à homme, je peux te suggérer que c'est une barrière psychologique qui t'empêche. Laquelle ? Je ne sais pas. Je ne suis pas le bon interlocuteur pour prodiguer des conseils sur les femmes. J'en ai eu beaucoup, et l'on pense ici que je suis un séducteur, mais la seule femme que j'ai véritablement aimée, je l'ai perdue. J'en ai été malade d'amour longtemps, et si je suis à peine un peu plus apaisé aujourd'hui, je pleure encore parfois la nuit de la savoir loin de moi, dans les bras d'un autre.

Assieds-toi dans le fauteuil près de la fenêtre, j'ai fini pour aujourd'hui, je ferme le cabinet et je t'offre un verre de vin de ton père, son nouveau syrah est fabuleux.

Dans ma jeunesse, j'étais plutôt timide. Je n'avais pas de succès avec les femmes, je ne savais pas m'y prendre, je ne les attirais pas. Mes études m'absorbaient, et le sport, la course à pied, mes petits succès remportés suffisaient à remplir ma vie, à combler ma solitude, je n'étais pas malheureux. Quand je me suis installé, que j'ai commencé mes consultations médicales, j'ai senti que je devenais un personnage public : on m'invitait dans les cocktails, je sortais le soir, j'apprenais petit à petit les usages de la bonne société. Je côtoyais beaucoup de femmes, auprès desquelles je gagnais en prestige. Je crois que j'avais un peu d'humour et une certaine gaucherie qui me rendait touchant à leurs yeux. Le désert sentimental dans lequel j'avais vécu jusqu'alors me rendait avide de relations. Je tombais amoureux vite, de maîtresses inconstantes qui se jouaient de moi puis me quittaient pour un autre, parfois un ami proche. D'échec en échec, de désespoir en désespoir, je finis par haïr toutes les femmes. Je les jetais dans le même sac, et les jugeais perfides, trompeuses, changeantes ou vénales.

Vint un jour où je décidai en toute conscience qu'elles ne me feraient plus de mal et que je ne m'attacherais plus. Pour ce faire, je m'enfermai dans un rôle d'homme arrogant et misogyne et, à ma grande surprise, cette distance augmenta mon succès d'une façon exponentielle. Ma froideur excitait, mon côté hermétique stimulait, mon cynisme faisait sourire. Avec le recul tout à coup possible, je me mis à étudier les femmes de près. Je devins un spécialiste, un entomologiste de la gent féminine. J'en épinglais quelques-unes et avec ma loupe je détaillais leurs battements d'ailes, leurs yeux à facettes reflétant leur caractère, leurs pièces buccales prêtes à vous mordre. Je les écoutais vrombir leurs petits secrets, ce qui les agitait, les perturbait et surtout ce dont elles rêvaient. J'appris beaucoup.

Une fois cette science assimilée, je commençai à m'en servir contre elles, pour les attirer dans mes filets. Ce fut d'une facilité déconcertante, je les battais sur leur propre terrain, j'étais plus menteur, plus faux, plus lâche qu'elles ne l'avaient jamais été. Une fois séduites, elles ne m'intéressaient plus, je me lassais rapidement et ne leur trouvais plus aucune originalité, je décelais trop vite leurs défauts. Elles perdaient de leur mystère et je ne les voyais plus que comme des trophées sur l'étaloir. Je me mettais aussitôt en chasse d'un autre spécimen moins commun.

C'est peut-être ce qui changea avec celle que j'ai aimée, elle n'était ni plus belle ni plus intelligente que les autres : elle était tout simplement unique.

Elle se prénommait Begoña, mais se faisait appeler Bonnie. Elle était une proie facile pour moi. Ce genre de femme aux abois, qui étouffe d'inattention dans un mariage vieux de plus de vingt ans. Je suis un expert pour ça, je les renifle avant les autres. Je crois même que parfois je palpe la profondeur de leur mélancolie avant qu'elles en aient conscience elles-mêmes. Elles ont une certaine porosité, une langueur que certains écrivains français savent si bien décrire. Pour les séduire, je commence par donner le sentiment que je m'intéresse à elles, en leur posant les questions esquivées par leurs maris depuis trop longtemps. Sont-elles heureuses ? Qu'en est-il de leurs rêves les plus chers ? Je ne cherche pas de solution, je les écoute seulement avec une attention soutenue, non feinte. Je leur avoue ensuite que j'éprouve pour elles un désir incontrôlable qui me consume jour et nuit, mais contre lequel je lutte. Voilà plusieurs années que leurs maris ne les regardent plus sous cet angle, elles ont oublié pour la plupart ce désir du début, celui qui vous rassure, vous renvoie une image positive de vous-même. Me voir tremblant, hésitant, reculer avec inquiétude, ou m'approcher trop près, donner la sensation que je perds mon sang-froid légendaire en leur présence, rester toujours dans une certaine retenue, les fait palpiter comme des petits paons de nuit attirés dans une trop grande lumière. Il suffit ensuite de les regarder avec des yeux brûlants de désir, et d'abaisser subitement le regard, comme surpris d'un tel raz de marée. Il faut être aussi léger que leurs époux sont lourds, parler autant qu'ils sont muets, écouter autant qu'ils sont sourds. Elles me tombent rapidement dans les bras, aussi sûrement que la pluie vient au printemps.

Bonnie, elle, tentait de maîtriser sa mélancolie par la randonnée : elle avalait les kilomètres dans la montagne, sur des sentiers solitaires, pensant soigner par l'épuisement physique les battements désordonnés de son cœur. Elle vint à moi pour des douleurs au genou, souvenirs d'une chute après un long trek dans la Sierra de Gredos. C'était une fleur de ciste, simple et sophistiquée à la fois. Je crois que c'est cet antagonisme de tous les instants qui m'a touché plus que de coutume. Elle était tout et son contraire. Je l'ai jaugée physiquement rapidement : il émanait d'elle une certaine fraîcheur, une gaieté qui lui donnait de la jeunesse, du dynamisme. Elle devait avoir quelques années de moins que moi, la quarantaine épanouie.

J'ai inventé une passion commune pour la marche et lui ai proposé de faire avec elle un petit circuit le dimanche suivant, prétextant un mauvais sens de l'orientation, une difficulté à rester seul. D'abord surprise, elle a accepté de me tenir compagnie. Nous sommes partis au matin, le soleil était au rendez-vous, la nature avait tapissé les talus de mille et une fleurs. Les chênes verts semblaient plus majestueux que d'habitude, le silence à peine perturbé par le chant répétitif d'une huppe au loin. Elle marchait parfois devant moi, elle avait une allure assez masculine, à cause de son short noir et droit, de son maintien. Au début, nous ne parlions pas, et parfois elle oubliait ma présence et se laissait aller à chanter des airs connus, que j'aimais. Puis j'ai pris la parole et d'emblée j'ai raconté toutes les femmes que j'avais rencontrées par le passé. J'ai parlé de celles qui m'avaient laissé un souvenir impérissable, mais en les affublant toutes des mêmes défauts : des femmes compliquées, invivables, qui m'avaient fait souffrir, et que j'avais quittées avant qu'elles ne m'anéantissent. Il suffisait de faire sentir ensuite que j'étais malheureux, torturé et solitaire. Dans le même temps, injecter en sous-cutané l'idée que, peut-être, elle était celle que j'attendais pour renaître à l'amour.

Bonnie est tombée dans le panneau : si elle me voyait comme un séducteur invétéré, imbu de sa personne, à qui elle voulait se refuser, elle désirait dans le même temps me démontrer qu'elle était différente des autres, et que peut-être elle avait le pouvoir de me sauver de mon dégoût des femmes. Ce fut donc d'une facilité ahurissante, elle était mûre à point.

Je proposai d'autres randonnées, plus longues, nous

nous retrouvions sur les chemins. Son époux ayant abandonné la place, elle jouissait d'une certaine liberté, elle pouvait parfois découcher et dormir quelques nuits dans des auberges quand les sentiers nous emportaient trop loin. Je sus que j'avais gagné quand elle ne vint plus. Je laissai passer quelques jours, puis je la rattrapai sur une piste sableuse, je savais à peu près exactement où elle marchait et à quelle heure. Je la trouvais toujours, et je sentais alors chez elle, cachées sous un certain agacement, une réelle joie et une certaine fierté que je lui cavale après comme un adolescent.

J'ai obtenu ce que je voulais le soir de son anniversaire. Nous étions à Cáceres. Arrivés plus tôt que prévu, nous avions passé l'après-midi ensemble à flâner dans les rues chaudes et animées, à boire des verres de vin blanc aux terrasses des cafés. Je l'embrassais déjà. J'avoue qu'elle avait commencé à me séduire, malgré mes réticences : elle était gaie et vivante, et puisqu'elle aimait qu'on l'embrasse, elle m'attirait sous les porches pour me glisser sa langue dans la bouche, avec violence, envie, tout en conservant un certain romantisme désuet. Elle me tenait la main, nous étions comme deux grands enfants découvrant l'amour, seuls au monde dans cette ville éloignée, grouillante et chamarrée. Bonnie m'insufflait une certaine jeunesse, alors que je me sentais basculer dans le crépuscule de ma vie.

Le soir, après un dernier verre, je lui ai proposé de monter dans ma chambre d'hôtel. J'ai été surpris par son désir : elle me voulait, et cette envie paraissait particulièrement sincère. J'ai pris un plaisir fou à la voir frémir et jouir dans mes bras.

Le lendemain, je l'ai accompagnée à la gare routière, elle retournait chez elle par le premier bus du matin. Je me souviens de sa tristesse sous la gaieté surfaite, de son regard derrière la vitre du bus, des baisers qu'elle m'envoyait à tout-va de sa main blanche. Je me suis dit que c'était bon, que je l'avais bien accrochée, je savais qu'elle allait revenir et j'étais assez fier de moi. Il y avait néanmoins quelque chose de plus, que je ne m'expliquais pas encore.

Elle m'a écrit une lettre, où elle me racontait son retour difficile, comme elle avait pensé à moi tout le long du voyage, comme je lui manquais. Elle écrivait bien, elle savait faire passer la lenteur, la tristesse, l'amour qu'elle me portait. Sans vraiment m'en rendre compte au début, j'attendais ses messages. Je crois être tombé amoureux d'elle à cause de son absence et de ses lettres.

Nous avons continué à nous voir, même si sa vie maritale et l'éloignement nous rendaient les choses difficiles. Je trouvais amusant de nous cacher comme des amants maudits. Je jouais le jeu, je ne voulais pas qu'elle quitte son mari, je tenais bien trop à ma liberté et à mon indépendance. Elle venait parfois chez moi, prétextant un week-end de randonnée. Nous faisions l'amour une bonne partie du temps, mais ce que j'aimais le plus, là encore, c'est quand elle me racontait ses voyages, surtout quand je connaissais certains lieux. Dans ses récits, je revoyais les paysages traversés, les villes, les villages, la nature au petit matin, la mer sous le ciel gris, le vent chaud d'octobre. Elle racontait bien, je restais des heures à l'écouter.

Au bout de quelques mois d'une liaison épisodique

mais sans nuage, nous avons décidé de passer quelques jours de vacances tous les deux, pour un peu plus d'intimité, de marcher sur les sentiers et de retourner dans cette ville où nous avions été heureux, Cáceres. Nous voulions à nouveau nous tenir par la main dans les rues, loin de notre vie réelle, retrouver le parfum de la liberté. Nous pensions revenir en terre amoureuse.

Dès les premiers jours, j'ai été mal à l'aise. Je m'en voulais d'être plus attaché que je ne me l'avouais, elle commençait à me faire peur. J'avais cette crainte chevillée au corps qu'elle ne me quitte, qu'elle s'aperçoive de ma vacuité, de mon insuffisance. J'ai commencé à lui faire des scènes de mari jaloux quand elle parlait trop avec des serveurs ou des passants, je ne supportais pas qu'elle m'échappe un tant soit peu et paradoxalement j'étais horrifié par cette liaison dans laquelle j'avais le sentiment de m'enfermer. Il y avait la question du sexe aussi, qui m'angoissait. Si j'avais été comblé par son appétit sexuel dans un premier temps, que j'avais mis sur le compte d'une absence de rapports conjugaux depuis de longues années, j'espérais une certaine baisse de régime à la longue, je n'avais plus vingt ans. Mais elle ne semblait pas s'épuiser. Elle me demandait toujours autant, voire plus, et je commençais à douter de mes capacités à la satisfaire : j'étais plus âgé qu'elle de quelques années et je me sentais parfois en difficulté pour répondre à sa demande. Elle me surprenait, là encore. Je n'avais jamais soupçonné une telle envie, un tel désir chez une femme, je pensais que c'était une prérogative masculine. Elle était capable de me caresser n'importe où, dans le bus sous mon blouson, dans la voiture, dans un hall à l'abri des regards, dans la forêt, et elle se jetait sur moi dès que nous avions un lit pour nous deux.

J'ai décidé d'arrêter de marcher, de reprendre la voiture et de rouler, de village en village, je pensais que voyager vraiment allégerait ma morosité. Elle a accepté, elle était prête à tout pour me faire plaisir. Au bout de quelques jours, nous sommes arrivés par hasard dans un village en fête. J'ai le souvenir très précis de cette ambiance bruyante et festive qui contrastait si bien avec le sentiment confus de tristesse qui me taraudait. Nous avons trouvé un petit hôtel en face de la gare routière, suffisamment à l'écart des flonflons, une chambre mansardée dont le velux donnait sur les derniers toits de la ville et la plaine immense, surchauffée. J'étais fatigué, anxieux, je voulais me reposer, mais elle me caressait et me demandait de lui faire l'amour, pour étrenner le grand lit blanc. Je l'ai repoussée violemment, je ne voulais pas, je voulais dormir, me relaxer. C'était la première fois que je ne cédais pas à son désir, elle en a été surprise et triste. Je l'ai senti, je l'ai entendue pleurer dans la salle de bains. J'aurais dû la rassurer, mais elle m'exaspérait, j'étais vraiment fatigué, j'ai fait la sourde oreille. Elle est sortie, et j'ai été soulagé. J'ai fermé les yeux, je me suis endormi rapidement. Je savais qu'elle m'attendait, mais je m'en moquais. Elle errait dans les rues animées, elle pensait que j'allais finir par l'appeler, par la rejoindre, elle gardait l'espoir de me voir apparaître au coin de la rue centrale qui menait à la place de la mairie.

Vers vingt et une heures, c'est son message qui m'a réveillé. Elle me disait de rester à l'hôtel, qu'elle avait rencontré un homme dans un bar avec qui elle parlait.

Un homme qui s'intéressait à elle, puisque moi, j'étais déjà blasé. Je n'ai pas imaginé une seule seconde qu'elle tentait cette petite manœuvre imbécile pour me rendre jaloux. J'ai été submergé par la colère, parce que peut-être arrivait là ce dont j'avais toujours eu peur : qu'un autre me l'enlève. Cette colère m'a aveuglé. J'ai rangé mes affaires en deux minutes, jeté quelques billets sur le petit bureau pour le paiement de la chambre et je suis descendu à la réception rendre la clef, dire que je partais, et demandé qu'on prévienne madame que j'étais parti quand elle reviendrait.

J'ai fui. Dans ma voiture, je ricanais de satisfaction : elle allait voir, en rentrant, que j'étais encore maître de moi-même, qu'on ne me trompait pas impunément.

Je savais bien au fond qu'elle était incapable de m'abandonner pour le premier venu. Elle m'avait avoué l'après-midi même qu'elle envisageait de se séparer de son mari pour venir vivre avec moi. Je crois que c'est cet aveu qui m'avait fait peur. Je ne regrettais pas encore.

Vers vingt-trois heures, elle m'a appelé sur la route. Désespérée que je ne l'aie pas rejointe, elle avait fini par capituler, et par rentrer à l'hôtel. Elle avait trouvé les billets et mon mot laconique sur la table de nuit. Elle ne comprenait pas, elle était perdue, elle me disait qu'elle n'avait parlé à personne, qu'elle m'attendait, elle me demandait de revenir. Puis, devant mon inflexibilité, à bout d'arguments, elle m'a simplement dit d'une voix triste : « C'est toi qui décides de ta vie, Guépard, maintenant. » Il y avait comme un avertissement lugubre derrière ce *maintenant.* Je savais que si je ne retournais pas la chercher, je la perdais pour toujours. J'ai hésité.

J'aurais dû faire demi-tour, mais chaque kilomètre qui m'éloignait d'elle me rendait la chose plus difficile. Il faisait nuit, j'étais déjà loin, j'ai décidé de fuir encore un peu, de rentrer chez moi, de retrouver mes repères, mon petit monde connu et de la laisser derrière moi.

Dans les heures qui ont suivi, sa stupéfaction s'est transformée en désespoir amoureux. Elle me harcelait au téléphone, me suppliait de revenir, me disait qu'elle m'aimait, que je ne pouvais pas l'abandonner ainsi, elle pleurait sans pouvoir parler parfois. Ses pleurs, le manque de moi qu'elle ressentait me comblaient de fierté, me rassuraient quant à mon pouvoir sur elle. Elle m'aimait donc réellement, elle souffrait le martyre par ma faute, j'avais cette puissance de réduire une femme à néant par ma simple absence. J'oscillais entre une satisfaction jouissive et un remords profond.

Je crois lui avoir fait beaucoup de mal. Les deux jours qui ont suivi, elle a erré dans les ruelles du village, incapable de rentrer chez elle. La fête continuait, et c'était peut-être ça le plus cruel : comment mourir de chagrin dans une ville en liesse ? Elle traînait dans les bars, jusqu'à l'épuisement, marchait sans but. Elle m'appelait souvent. Je sentais que son désespoir évoluait. L'incompréhension faisait place à la réflexion et la colère n'était pas si lointaine.

Elle a fini par se ressaisir, elle a pris un bus pour rentrer chez elle, je n'ai plus eu de nouvelles pendant quelque temps. Je n'écrivais pas non plus, j'attendais patiemment, je savais qu'elle ne pouvait pas se passer de moi, de mes caresses, du peu d'amour que j'étais capable de donner. Bien sûr, elle m'en voulait de l'avoir abandonnée en pleine campagne, mais elle ne supportait pas de vivre sans moi, elle ne pouvait décrocher sans y laisser un peu d'elle-même. Encore une fois, sa naïveté était touchante, elle aimait comme une enfant.

J'ai recommencé à lui écrire, poste restante, des lettres où je me dévoilais un peu, puis me rétractais, parce que je craignais qu'elle ne découvre la profondeur de mes sentiments et qu'elle me contrôle, qu'elle me manipule. Pourtant j'étais déjà pris au piège. Nous jouions au chat et à la souris, et elle avait commencé à percevoir que j'étais le chat et tentait de se débattre. Elle me répondait des messages durs, sous lesquels je sentais la tristesse et l'envie malgré tout. Elle m'aimait encore, et le fait que je la quitte, sans tout à fait la quitter, exacerbait son amour, la faisait trembler, douter, la rendait encore plus fragile, elle vacillait et je comptais les jours avant qu'elle me revienne. J'avais cependant oublié une chose fondamentale, pétri d'autosatisfaction que j'étais : je n'étais pas seul au monde.

Elle n'a plus écrit. Rien. J'ai commencé à angoisser. J'aurais dû la talonner, continuer à exister, occuper le terrain, mais il était déjà trop tard. Je n'ai rien pu faire contre le hasard. Le hasard d'une rencontre, avec un autre homme, bien réel cette fois-ci. Un autre, plus proche, plus aimant, plus simple dans ses sentiments l'a détournée de moi, sans que je puisse lutter. Elle savait désormais à quoi elle pouvait prétendre. Je ne pouvais pas rivaliser virtuellement avec celui qui la prenait dans ses bras tous les jours, qui la rassurait, qui l'aimait et le lui disait sans retenue, sans ambivalence. Par comparaison, elle percevait mes failles tout à coup, mon inconsistance, elle ouvrait les yeux sur mes faiblesses, me décryptait avec une acuité jusque-là impossible. Elle s'étonnait d'avoir été aussi attachée et comprenait que sa passion pour moi ne découlait que de sa frustration antérieure, et que n'importe qui, avec quelques baisers, aurait pu apaiser son maelström amoureux.

Je me suis aperçu de mon erreur trop tardivement. Je l'aimais, et j'avais tout gâché. Je me suis souvenu alors de toute la mosaïque sur laquelle j'avais, petit à petit, construit cet amour. La nappe sur la table dans le jardin, les assiettes et les verres de vin, ses longs récits vivants. Je me rappelais sa main sur mon sexe dans la voiture, ses chansons, l'orage ahurissant qui m'avait fait perdre mon chemin un jour où je la rejoignais, l'hôtel fané où elle m'attendait, cette bouteille de vin blanc sucré que nous avions bue, le repas du soir pris dans la grande salle, en compagnie de quelques VRP de passage. Je me remémorais une douche où je l'avais prise contre le mur, alors qu'au-dehors grondait encore un ciel noirâtre d'après tempête.

Je relisais ses lettres, ses messages, je me demandais comment j'avais fait pour la laisser écrire à un autre, comment j'avais laissé retomber l'exaltation du début, la poésie et le rêve. Je voyais bien à présent mes réponses si imparfaites, les blessures que je lui avais infligées. Je la sentais partir de moi, bien avant que je n'aie pris la fuite, je m'en voulais d'avoir précipité la chute et j'étais terriblement responsable de ne pas y avoir cru, de ne pas avoir tenté, d'avoir été si peureux.

J'ai voulu rencontrer d'autres femmes ensuite, pour tenter d'oublier, de guérir, mais je cherche toujours une part de Bonnie dans mes nouvelles conquêtes. J'ai des séquelles insurmontables, des lésions chéloïdes sur le cœur qui le rendent encore plus dur à s'émouvoir, je fais de l'arythmie d'amour. Je finirai seul, Gonzalo, je ne sais pas aimer. Quand la solitude sera trop corrosive, que je me sentirai trop ankylosé, j'irai parfois à Cáceres me promener dans les rues et m'enivrer aux terrasses dans la touffeur du soir. Je m'injecterai un rappel d'amour, en m'arrêtant sous les porches, je remonterai vers la rue Roso de Luna et, depuis notre ancienne chambre d'hôtel au velux ouvert sur le ciel, je me souviendrai de tout et j'écrirai comme Neruda les vers les plus tristes de ma vie : *La nuit est pleine d'étoiles, elle n'est pas avec moi.*

La sudaca

Mon pauvre chéri, je ne sais pas quoi te dire. Je ne connais rien de l'amour, ni du sexe. Je n'ai aucune expérience. Je ne connais que l'amour d'une mère pour ses fils, et même si je ne vous ai pas eus dans mon ventre, Ezra et toi, tu sais que je vous aime bien plus fort que celles qui vous ont mis au monde et qui vous ont abandonnés d'une façon ou d'une autre, pauvres petits. Je n'ai pas lu de livres, Gonzalo, je ne suis pas cultivée, je ne suis qu'une *sudaca,* comme tous ceux d'Amérique latine. Tout ce que je sais, je l'ai appris de la vie, sans faire d'effort. Souvent les Espagnols nous méprisent, mais à Madrid, par exemple, ils ne peuvent plus se passer de nous. Nous ramassons les poubelles, nous nettoyons les porches à grande eau, nous livrons, nous faisons à manger, nous nous occupons des vieux, des enfants. Nous prenons tous les emplois qu'ils ne veulent plus. Je te dis ça, mais je ne revendique rien du tout, je ne veux pas refaire le monde, et la politique, le racisme, tout ça, je m'en moque. Tout ce que je sais, c'est qu'ici je vis bien, mieux qu'au Pérou. J'ai ma maison, je m'occupe de ton père, je crois qu'il ne peut plus manger autre chose que ma cuisine et ça, c'est ma fierté. Il pourrait se débrouiller seul, mais il continue à m'employer, en souvenir du temps passé et pour avoir un peu plus de confort. Il sait bien lui aussi qu'une maison sans femme, ce n'est pas une maison, c'est un hangar, un garage.

Le soir, je m'assois sur le banc devant ma maison et je profite. C'est le moment de la journée que je préfère. Je réfléchis à ce que je vais faire à manger pour Ezra et ton père le lendemain, je fais ma liste de courses dans ma tête, je parle avec les voisines qui passent, je bois un vermouth avec Guzmán, je regarde ton petit moulin qui tourne toujours aussi bien dans le vent du soir et je pense à toi. Je ne quitte pas mon tricot, un gilet long pour la Niña, elle a toujours froid aux reins, cette pauvre petite. Je laisse la télévision allumée dans la maison, j'écoute les informations d'une oreille. Il n'y avait jusqu'ici que la douleur de t'avoir perdu qui m'empêchait d'être totalement heureuse et voilà qu'elle s'est évanouie avec ton retour. Dieu m'a écoutée, lassé de mes suppliques et des pleurs de ton père. Tu sais, j'ai toujours essayé d'être un bon tuteur, droit et solide, pour les arbrisseaux que vous étiez, Ezra et toi, mes deux petits chênes. Alors, le soir, à présent je me dis : *J'ai réussi ma vie.* Je me suis déjà assise comme cela par le passé, mais je n'ai jamais eu une sensation de complétude comme aujourd'hui.

Avant de m'occuper de toi, pendant de nombreuses années, j'ai vécu à Madrid, dans le quartier de Quevedo. C'était un peu comme mon village, je connaissais tout le monde, les commerçants, les voisins. J'avais une chambre dans une colocation avec une jeune fille, qui faisait ses études à la Complutense, un électricien et un serveur du bar des frères López. Nous nous entendions bien, nous avions à peu près tous le même âge, nous formions une famille, tout le monde travaillait beaucoup. Nous faisions la fête dehors, l'appartement était bien calme.

Mon travail, c'était de m'occuper de la vieille Teresa. Avant elle, j'avais passé deux ans avec Almira, mais c'était plus difficile : elle avait Alzheimer, qui la rendait méchante. Je préférais de loin Teresa, elle était drôle, elle avait toujours envie d'aller dehors. Elle me disait chaque matin : « Je me laverai demain, Blanca, aujourd'hui on va au Retiro. » Je la lavais quand même sinon elle était capable de rester une semaine sans voir l'eau. La patronne me payait bien pour m'occuper de sa mère, elle était riche, elle et son mari travaillaient pour le gouvernement. Ils avaient aussi de la terre, des propriétés du côté de Jaén, c'était une vieille famille, Teresa disait qu'ils descendaient des Rois Catholiques. Je ne sais pas si c'était vrai, elle racontait un peu n'importe quoi parfois, Teresa.

J'avais une journée assez tranquille. Vers dix heures, je la lavais, je la coiffais, je l'installais dans son fauteuil et nous sortions une première fois pour aller boire un café en terrasse, près du rond-point de Quevedo. On aimait bien regarder les entrées et les sorties de la bouche de métro, les gens qui vont travailler, ceux qui se promènent. Souvent, on se payait un bras de gitan à *La Mallorquina* mais on y allait l'après-midi car il fallait au moins deux ou trois heures pour monter et descendre Fuencarral avec le fauteuil roulant, sans compter tous les magasins devant lesquels on devait s'arrêter. Teresa adorait « lécher les vitrines ». Elle me disait ça en français en faisant un grand mouvement de langue comme si elle lapait quelque chose, et ensuite elle riait pendant cinq minutes.

L'après-midi, quand elle avait terminé sa sieste, vers seize heures, nous descendions au Retiro, ou à la Casa de Campo, pour voir les jeunes gens jouer au ballon, ou des enfants faire du tricycle. En revenant, on mangeait une glace ou on buvait un café. Quand le temps était vraiment mauvais ou qu'il faisait trop froid, nous prenions le métro et nous allions regarder les grenouilles à Atocha. Mais je préférais encore monter du côté de Fernando Rodríguez ou de Bravo Murillo. Là-bas, je ne sais pourquoi, il me semblait que la lumière ressemblait à celle de mon Pérou natal et, dans les quartiers plus pauvres, je me sentais plus à mon aise.

Ma paye, je la mettais presque intégralement de côté. À part la location de ma chambre, je vivais chez Teresa : je ne dépensais rien. J'avais le projet de rentrer chez moi quand Teresa me quitterait, de retourner à Cabo Blanco : il me fallait une somme assez importante pour acheter une petite maison, face à la mer, et ne rien faire tout le reste de ma vie. Je pouvais espérer : chez moi, on vit pour trois fois rien.

J'ai passé huit ans de bonheur avec Teresa avant qu'elle ne retourne au ciel. J'ai été abominablement triste, j'ai pleuré comme personne à l'enterrement, la patronne m'a serrée dans ses bras. Elle était tellement gentille. Je lui ai dit que je rentrais chez moi pour acheter ma maison, elle m'a donné trois mois de plus, comme ça, pour rien. J'aurais dû attendre un peu avant de retourner au pays, quitter Teresa et Madrid en même temps, c'était m'arracher doublement le cœur.

Le voyage a été long, et en même temps très court. Je ne savais pas qu'aujourd'hui on pouvait aller et venir d'un bout à l'autre de la terre en à peine une journée. Je me souvenais seulement du bateau de mes jeunes années, et d'un voyage interminable.

À Lima, je n'ai rien reconnu, la ville avait changé. J'ai pris le bus pour Cabo Blanco. Je crois que j'ai oublié de te le dire, mais c'est pour ça que mon père m'a appelée Blanca, à cause du village et du sable blanc.

J'ai dormi au village haut, chez ma cousine Carolina, en attendant d'acheter ma nouvelle maison. Je l'ai trouvée rapidement, comme je l'avais rêvée : identique à celle de mon père, petite et blanche, face à la mer. Une maison de pêcheur. Elle était en mauvais état à l'extérieur, mais à l'intérieur c'était un petit nid douillet que je pourrais aménager à mon goût. J'ai entrepris de faire repeindre, réparer la terrasse et installer des volets neufs. J'ai aussi changé le toit, rongé de sel et d'embruns. Tous les jours, le vent soufflait fort, plus que dans mon souvenir, la lumière était aveuglante et le soleil brûlant.

Au début, je n'ai pas senti le manque de Madrid et de l'Espagne, parce que j'étais dans mes travaux, mon installation, j'avais mille choses à penser. Mais quand tout a été fini, que je me suis assise dans mon beau fauteuil, que j'ai regardé la mer, je me suis dit : *Bon ? Et maintenant ?* Mon frigidaire était plein, j'avais déjà bu un café chez Escobar, il me restait du riz aux crevettes de Carolina, je n'avais rien à faire, je n'avais pas envie de monter au village. J'ai pensé que nous étions dimanche et que si j'avais été à Madrid, je serais allée au marché du Rastro avant d'aller picorer des graines de tournesol au Retiro et regarder les touristes monter sur les petits bateaux du lac. Ici, je ne faisais qu'écouter le vent qui souffle toute la journée. Il n'y avait rien à regarder, parce que la lumière trop forte m'obligeait à fermer les yeux. L'océan était trop plat, la colline trop dénudée, le sable trop blanc. Je n'avais plus de souvenirs de mon enfance, ma vie, mes bonheurs étaient restés en Espagne.

J'ai tenu six mois, Gonzalo, six mois à attendre que l'amour du pays me revienne, que je reprenne ma vie au Pérou, là où je l'avais laissée. Tu vois, je m'asseyais le soir devant chez moi comme ici, mais je ne me disais pas que j'étais heureuse. J'attendais quelque chose, je regardais souvent l'horizon, comme si allait surgir des flots une réponse à ma langueur. Mon cœur se flétrissait. Ce n'était pas qu'il manquait d'amour, d'argent, de repos : mon cœur moisissait de ne plus battre qu'avec la régularité d'un métronome. Je n'avais plus de futur, plus de rêve, et j'étais encore trop jeune pour attendre la mort assise dans un fauteuil au milieu de nulle part.

Je suis revenue grâce à mon ancienne patronne, avec qui j'avais gardé des liens affectifs. Je lui avais parlé de ma désillusion, de mes regrets, de mon envie d'Espagne. Elle avait une fille, une psychiatre de renom, et celle-ci cherchait une femme pour s'occuper d'un enfant un peu spécial. Un enfant ! Je n'ai pas hésité longtemps, j'ai vite pensé que c'était une bonne idée : je ne voulais plus m'occuper de vieilles personnes, elles mouraient trop vite et j'étais malheureuse de les perdre, c'était trop cher payé en émotions. Cet enfant, c'était la promesse de pouvoir enfin m'attacher sans crainte. Je suis revenue ici pour m'occuper de lui. Il lui fallait un village, plutôt qu'une capitale. Un environnement semblable au sien, loin de chez lui et pourtant assez proche pour ne pas le déraciner totalement, il avait besoin de sécurité. Je me souviendrai toujours de son arrivée. La psychiatre parlait beaucoup, elle me prenait la pensée, je n'arrivais pas à fixer mon attention sur ce petit, qui ressemblait à une mouche avec ses grosses lunettes de soleil. Quand nous avons enfin été seuls, je suis venue m'asseoir à côté de lui. J'ai pris sa main et je l'ai gardée dans la mienne. Nous n'avons pas parlé. Mais je sentais qu'il se laissait faire, qu'il avait confiance en moi. Alors j'ai chanté. Une berceuse de mon pays, qui demande à un petit enfant de dormir, pendant que sa mère travaille dans les champs. Il a souri, à peine. Je savais bien qu'il n'était pas un vrai fils, et je n'étais pas une vraie mère, je n'avais jamais eu d'enfant dans mon ventre. J'ai pensé qu'on pouvait essayer de jouer à ça, lui et moi, la mère et le fils.

Peu de temps après ton père est venu me chercher, il lui fallait quelqu'un pour s'occuper de toi. J'ai hésité, deux enfants c'était beaucoup de travail, et je ne savais pas si je serais à la hauteur, mais j'ai dit oui pour Ezra, la compagnie d'un petit garçon de son âge ne pourrait lui faire que du bien.

J'ai été heureuse avec vous deux. Vous êtes comme mes fils, j'attends vos enfants pour m'en occuper comme une grand-mère. Il faut que tu trouves une solution pour en avoir, et vite, sans être vieille, je ne suis plus toute jeune.

Je ne peux pas te donner de conseils sur l'amour, je ne sais pas ce que c'est. Je me sens glisser lentement vers la vieillesse. À ton retour je t'ai vu adulte, j'ai vu un homme à la place de l'enfant qui m'avait quittée. J'ai mieux regardé Ezra, et j'ai vu quelque chose de similaire. Ce n'est plus le petit garçon qui avait besoin de moi, il a grandi, c'est un homme qui désire ardemment une femme, j'ai vu sa main sur le bras de la Niña, un soir. Cette main, Gonzalo, était plus révélatrice qu'un sexe dressé. À l'examiner, j'ai pensé que ma vie de mère s'achevait et qu'il fallait peut-être que je pense à ma vie de femme, qu'il était encore temps. Il y a des hommes qui me cherchent, comme José qui passe me voir de temps en temps, je lui sers un verre de vin. Je sais pourquoi il vient. Il me veut. Je suis tentée de dire oui, pour connaître un homme, une fois. Et puis je le regarde mieux et je n'ai plus envie. Il est trop bronzé, trop petit, et trop noir de cheveux. C'est un vrai *sudaca* certes, mais lui, c'est un *frijolero*, un mangeur de haricots. Je m'en veux de penser comme ça : moi aussi je suis trop petite, et trop foncée. Mais enfin, on ne commande pas le désir, et avec lui c'est impossible, surtout à cause de ses mots. Fais attention à comment tu parles à ta femme, Gonzalo, une même parole peut être une figue mûre ou un couteau dans ton ventre selon comment tu l'utilises. José, il ne sait pas faire, il dit l'amour avec des mots si crus que je baisse la tête et que quelque chose en moi se recroqueville. Il parle sans voir, sans se soucier de ma honte.

Je préfère Guzmán, pour sa musique et son parfum au vétiver. Il parle bien, lui, et toujours de toi, c'est aussi pour ça que j'apprécie sa présence. Quand il vient boire son vermouth, je lui demande toujours de me raconter vos quelques mois de vie commune. Il ajoute toujours des détails et je ne me lasse pas de l'histoire. Je tremble quand tu te fais arrêter à Lyon. Guzmán en a eu tellement de remords : tu étais trop jeune, pas suffisamment sur tes gardes, il se sent encore responsable de ton arrestation, après toutes ces années. Désemparé, il n'a pas su quoi faire. Avec Pilar, ils sont restés deux jours à errer dans les rues, sans savoir quoi tenter exactement, ils ne savaient même pas où on t'avait emmené. Deux jours pour se rendre à l'évidence : ils ne pouvaient rien pour toi. Ils n'avaient aucun contact dans la ville et, à trop chercher, à trop demander, ils risquaient de se faire prendre, eux aussi, avec leur mauvais accent. Il leur fallait avancer, trouver du travail et continuer le chemin.

Ils sont descendus à Nice, ils espéraient que tu viendrais là-bas si on t'offrait la liberté, puisque tu connaissais le lieu de rendez-vous. Le cousin de Guzmán lui avait trouvé un peu de maçonnerie sur des chantiers et des heures de ménage pour Pilar, comme convenu. Les week-ends, ils chantaient sur la Promenade, puis ils ont trouvé des bars, des petites salles de spectacle où ils ont obtenu des contrats plus sérieux. Ils ne gagnaient pas trop mal leur vie et ils étaient heureux, tu sais. Tu ne l'as jamais deviné, mais Pilar donnait à Guzmán tout ce qu'un homme veut d'une femme. Elle avait vingt ans de plus que lui, certes, mais il retrouvait en elle toute l'Espagne qui lui manquait. Son corps sec et maigre savait le toucher, sa peau fine, ses seins fanés, ses grands bras décharnés, musclés à l'extrême, sa longue chevelure noire irisée de fils blancs, tout en elle le ravissait. Quand il la tenait dans ses bras, il croyait pincer une corde de guitare sèche et en jouer à sa guise, en sortir des sons connus de lui seul. Il avait l'impression d'être un virtuose. Elle avait une histoire qu'il lisait dans ses yeux, avec laquelle aucune jeune fille sans passé n'aurait pu rivaliser. Et puis la voir danser le fascinait. Elle avait, tu le sais, le flamenco dans le sang, dans les gènes, elle avait reçu le *duende* à la naissance alors que tant d'autres cherchent à l'apprendre. Parfois, quand j'écoute Guzmán, je la vois réellement, j'entends son pied marteler le sol, je vois son châle glisser le long de sa hanche comme si c'était le hasard, alors qu'elle contrôlait tout, jusqu'au moindre mouvement de sa paupière ou de ses orteils. Cette femme le rendait fou dès qu'elle montait sur une estrade. Il peut me parler des heures de Pilar et j'écoute, moi aussi fascinée par une femme que je n'ai pourtant jamais vue. Ses descriptions m'enchantent et en même temps me rendent mélancolique, comment pourrais-je l'intéresser, moi qui suis si différente ?

À Nice, ils ont vécu heureux pendant deux ans. El Bueno ne faisait plus de maçonnerie, Pilar avait cessé de nettoyer la crasse des autres, ils arrivaient à vivre de leurs prestations. Ils possédaient un bon carnet d'adresses, le flamenco faisait recette. Ils ont entrepris les démarches pour obtenir des titres de séjour, puisqu'ils envisageaient de rester, de mener une vie simple, de trouver un véritable appartement plutôt que leur pauvre chambre de bonne sans commodités.

Et puis Pilar est tombée malade. Au début, elle minimisait les choses, elle disait que c'était seulement l'air de Nice qui ne lui convenait pas, qu'elle était une fille de la terre, pas de la mer. Elle s'est mise à détester cette Riviera qui en enchante tant d'autres. Avec le temps, elle a imaginé que c'était la sédentarité qui l'assommait, et la rendait soucieuse, elle, la gitane d'Estrémadure. Elle ne mangeait quasiment plus, et elle devenait encore plus transparente. Elle faisait des malaises pendant les spectacles, elle était trop faible, elle mettait trop d'énergie dans ses danses. Ils ont perdu leurs clients petit à petit, El Bueno est retourné sur les chantiers. Pilar ne sortait que pour le flamenco du samedi, et encore. Elle ne réclamait qu'une chose : qu'il se couche contre elle le dimanche, pour pouvoir sentir son odeur d'homme, sa robustesse, et qu'il la câline. Elle le suppliait parfois de lui faire l'amour, mais il ne pouvait se défaire d'une certaine retenue : il avait la désagréable sensation qu'il pouvait, dans une étreinte trop pressante, la briser en mille morceaux.

Il a fini par l'emmener chez le médecin, malgré son refus catégorique. Il est allé jusqu'à la menacer de partir et de la laisser seule si elle ne l'écoutait pas. Le docteur n'a pas tardé à rendre son diagnostic : un cancer du sang qui ne laissait à Pilar que très peu de temps. Guzmán était le seul à connaître le verdict dans toute son horreur et il n'a pas voulu l'en informer. Mais Pilar avait compris, à cause des hémorragies qui étaient survenues entretemps : du sang sortait de sa bouche, de son sexe, de tous les orifices de son corps sans prévenir. Rapidement exsangue, il a fallu l'hospitaliser pour des transfusions. Ils savaient tous les deux qu'ils ne pourraient pas payer les frais et qu'il faudrait fuir dès qu'elle irait mieux.

Un soir, sur son lit d'hôpital, elle lui a dit :

« Guzmán, je vais mourir, je le sais. Arrête de me dire le contraire. Mais je ne veux pas rester ici. Si tu m'aimes un peu, quand je serai morte, ramène-moi chez moi, sur la terre de mes ancêtres, et enterre-moi là-bas. J'ai assez voyagé, je veux rentrer. »

Il a tenté de la rassurer, mais il voyait bien que c'était peine perdue, alors il a seulement dit « oui ». Elle a fermé les yeux et elle a souri.

Avec tout ce qu'il avait comme argent, le lendemain, il a acheté une voiture, il a tout vendu, même son bandonéon, pour une vieille Fiat d'occasion. Son cousin lui avait assuré qu'elle ferait le voyage aller, mais il ne s'engageait pas au-delà. Il a pris quelques affaires et il est allé la chercher le surlendemain, après les soins. Ça a été tout un micmac, ils ne voulaient pas la laisser sortir, il a promis de la ramener dans la soirée, il a inventé un fils et un anniversaire, il a parlé d'amour maternel au médecin-chef. C'était une femme, elle a accepté, en lui faisant jurer de ramener Pilar urgemment si elle saignait à nouveau. El Bueno savait qu'il lui fallait cinq ou six heures pour atteindre La Jonquera et passer la frontière. Après, même si l'hôpital appelait la gendarmerie, ils seraient introuvables.

Quand elle a été assise dans la voiture, il lui a dit :

« Pilar, on rentre. Le village, tu le reverras, mais vivante, aussi sûr que je m'appelle Guzmán. »

Au vrai, il n'était pas sûr qu'elle tienne le coup. Il l'avait installée à l'arrière, avec deux oreillers. Elle dormait presque constamment.

À la frontière, ils ont eu de la chance, personne ne les a contrôlés, peut-être à cause de l'immatriculation française. Après Figueras, ils ont pu faire des pauses plus nombreuses, ils craignaient moins la police. Guzmán avait ajouté des sacs derrière les oreillers pour que Pilar soit presque assise, qu'elle puisse voir le paysage. Il m'a raconté qu'il y avait eu un moment magique, qu'elle allait mieux, comme si l'Espagne la guérissait. Elle s'était mise à chanter de sa voix grave, qui roule de cailloux et brûle de soleil. Elle était même descendue de la voiture sur une petite aire en bordure de nationale et elle avait eu la force d'aller au restaurant, Guzmán avait commandé deux menus du jour. Des *migas*, des filets de veau fins et juteux, des pommes de terre frites, du pain de Valladolid à la mie d'une blancheur incomparable. Elle avait même mangé le dessert, un riz au lait moelleux parfumé à la cannelle. Elle reprenait des couleurs, elle n'avait pas dévoré ainsi depuis des semaines. Elle avait bu un verre de vin entier, et la voir tremper ses lèvres dans le liquide pourpre avait rempli Guzmán d'une joie malicieuse, il croyait lui rendre en un seul verre de toro tinto tout le sang qui lui manquait. La salle était grande, les tables recouvertes de grandes nappes roses, les baies vitrées laissaient voir les camions qui filaient vers Séville ou Gibraltar. El Bueno y avait presque cru, au miracle.

À Torremejía, alors qu'ils touchaient presque au but, elle avait pourtant sombré, je crois qu'elle n'était plus consciente en arrivant et le sang perlait de ses oreilles. Guzmán ne savait pas où aller.

Il a tout de suite pensé à ton père. C'était le seul qui pouvait l'aider, et il était sûr qu'il était encore là, à vivre dans sa maison. Ton père est un homme de bien, Gonzalo, tu as de la chance, ne l'oublie jamais. Après toutes ces années, il n'a pas semblé si surpris de les voir. Il a tout de suite rassuré Guzmán et proposé de garer la voiture devant chez lui, le temps qu'il aille chercher sa sœur, elle saurait mieux que quiconque ce qu'il fallait faire.

La Tía Cayetana l'a lavée, l'a couchée, et elle a appelé Guépard. Ils ont laissé la fenêtre grande ouverte sur la rue, le soleil couchant entrait à flots dans la pièce.

Pendant deux jours, elle a été entre la vie et la mort. Mais elle était heureuse : Guépard apaisait ses douleurs et empêchait qu'elle ne se vide de son sang, Guzmán lui jouait un peu de musique avec l'accordéon de la fanfare et, surtout, le village entier se pressait à sa fenêtre. On se bousculait presque pour lui dire un mot, la voir quelques minutes. El Bueno est resté à ses côtés, jusqu'au bout, il lui tenait la main, elle lui disait merci dès qu'elle le reconnaissait.

La Tía m'a dit qu'elle était morte dans ses bras, profitant d'un court moment où Guzmán s'était absenté pour acheter le journal et boire une bière avec ton père. Pilar était d'une génération où les femmes mettent au monde et meurent entre elles, loin du regard des hommes, pour garder leurs secrets, leur fierté et leur magnificence.

Guzmán a été triste, profondément, durablement, à peine consolé par la satisfaction de savoir Pilar dans sa terre. C'est cette peine qui nous lie. Il vient me la dire, presque tous les soirs. Il me raconte sa vie, qu'il entrecoupe de notes tristes ou heureuses. Il pose sa joue sur son instrument, il me regarde et il me parle. Je l'écoute et, à la différence de José, son regard et ses mots me font lever la tête.

Marco Polo

Cette nuit, j'ai fait une pause derrière le magasin, après avoir rentré mes dernières livraisons. J'étais content, Li aime bien que tout soit fini avant qu'elle arrive et j'étais dans les temps. Je fumais ma clope sous les étoiles et je me suis dit que la nuit était noire, possiblement comme le cul d'une Fanfan ou d'une Marie-Té. Ne m'en veux pas, Gonzalo, j'ai été bien puni, j'ai ri et la fumée de ma cigarette est passée ailleurs que dans mes poumons, j'en ai eu mal à la poitrine et la gorge en feu pendant plus d'un quart d'heure. La veille, je m'étais couché avec ton histoire, je me suis réveillé avec, je suis même persuadé d'en avoir rêvé. En déchargeant le camion, je ne pouvais pas penser à autre chose qu'à ce que tu m'avais raconté l'après-midi, ça ne me sortait pas de la tête. J'ai tellement aimé t'écouter, Gonzalo, je te jure, j'étais avec toi à Toulouse ou en mission à Bangui, j'ai vu la brousse et les bras de Fanfan. Ta vie a été bien plus riche que la mienne finalement, c'est toi qui mériterais mon surnom à présent. Je n'ai jamais vu les Alpes, moi, ni l'Allemagne, ni l'Afrique.

J'ai eu des remords de t'avoir aidé à partir, tu sais ? Pas

tant parce que je perdais un ami, et qu'ici ils sont rares, mais surtout à cause du chagrin de ton père. Le voir courir partout et te chercher avec des yeux de fou m'a rendu malade. Maintenant que j'ai deux fils, je le comprends encore mieux.

Cette nuit, j'ai songé à ce que tu m'as dit de cette Fanfan, et je ne crois pas qu'elle t'ait jeté un sort, ce sont des croyances d'un autre âge, tout ça. Des sornettes de vieilles femmes, de gitanes mendiantes. Cette femme, elle t'a beaucoup aimé, je ne l'imagine pas vouloir te faire du mal à distance, convoquer des forces invisibles venues d'un autre monde. J'ai bien réfléchi : il t'arrive peut-être la même chose qu'à moi. Seules les Asiatiques m'attirent, depuis que je suis adolescent. Je crois que c'est à cause des filles du bazar chinois voisin avec qui je jouais quand j'étais enfant. Je les aimais, les trois sœurs. Zhang était plus âgée que moi d'un an, Ping avait mon âge, et Xian, la plus jeune, me suivait, toujours d'une année. Nous étions comme des jumeaux, inséparables, je n'avais pas d'autres amies qu'elles. Ma qualité de garçon n'avait aucune valeur, c'était Zhang qui dirigeait le groupe, c'était elle l'impératrice. Elle décidait où nous devions aller, à quoi nous devions jouer, ce que nous devions faire. Bien évidemment j'étais le capitaine de sa garde rapprochée et elle m'avait offert un magnifique dao assez réaliste, en plastique très solide et néanmoins coupant, avec lequel je pourfendais tout, particulièrement les guêpes, que j'arrivais à couper en deux avec la virtuosité d'un samouraï. Quand je marchais dans le village, il ornait ma ceinture et je t'assure, Gonzalo, ma fierté devait rayonner jusqu'à Cáceres.

Ces filles m'enchantaient, et si enfant je ne cherchais pas les motifs de mon envoûtement, maintenant je l'explique avec précision. Ma dévotion tenait à leur voix saccadée et chantante, à leur peau que je jugeais parfaitement blanche à la différence de la nôtre, à leurs cheveux lisses et fins d'un noir pur, leurs yeux bridés rieurs, leurs rires perlés. Leur façon de se mouvoir, avec grâce et retenue. Elles étaient originaires de la Chine du Nord, de la province de Jilin, dans des terres pauvres, très éloignées de Changchun, la capitale. Quand elles me parlaient de leur pays d'origine, qu'elles avaient peu connu, elles évoquaient des lieux dont la sonorité me faisait déjà voyager : Changbai, Songyuan, Yanbian. J'étais toujours friand de leurs récits, qui avaient pour moi le goût du saké. Il arrivait qu'on m'invite à goûter et je visitais alors leur maison avec la même délectation que si j'avais pu pénétrer dans la Cité interdite. Il y avait tout d'abord cette odeur tenace composée d'une multitude de fragrances exotiques, oliban et bois d'aigle, camphre et ambre gris, musc, que diffusaient les bâtons d'encens qui brûlaient en permanence sur l'autel des ancêtres et qui imprégnait durablement mes habits, mes cheveux. Les aquarelles fines, les statuettes, les tissus, tout m'éblouissait. Leur langue, qu'elles utilisaient entre elles lorsqu'elles voulaient me punir, m'exclure du jeu, sonnait à mes oreilles avec la même sonorité que le guzheng, cette harpe mélodieuse dont jouait leur mère.

Adolescent, j'appris à faire l'amour avec Zhang, puis je tombai amoureux de Mei, sa cousine, et après quelques aventures, toujours avec des filles de l'empire du Milieu, j'épousai Li. Tu m'as dit que tu n'avais jamais fait l'amour avec une Blanche : moi non plus, Gonzalo. Tout ce que je pense savoir, tout ce que je connais, tout ce que j'aime m'a été appris par des Asiatiques. Et cette nuit, ma clope rougeoyante au bout des doigts, j'en ai pris conscience plus intensément encore. Mais si je peux faire ce constat, je ne sais vraiment pas comment trouver la solution : Mange-Miette ne peut pas devenir noire.

Il faut peut-être que tu prennes des vacances, que tu retrouves le rythme de monsieur tout le monde, dormir la nuit et travailler le jour, c'est peut-être de vivre en marge des autres qui te rend fou. Tu as perdu tes repères français et tu n'en as pas encore trouvé de nouveaux, ici. Il faut que tu redeviennes un Espagnol à part entière, que tu te couches après avoir discuté avec tes voisins sur le pas de ta porte et que tu te lèves comme tout le monde pour aller boire un café au bar, avant d'aller bosser. Que tu quittes la nuit pour le jour, le noir pour le blanc. Que cette Fanfan et ses prétendus sorts aillent au diable. Ce n'est peut-être qu'une banale histoire d'odeur, et de couleur comme pour moi. Marisol est mince, voire maigre, on ne l'appelle pas Mange-Miette pour rien. Il n'y a pas en elle ce débordement de nature de Fanfan que tu m'as conté, qui te ravissait, ses seins énormes, ses fesses pulpeuses, ses hanches larges. J'imagine bien que quand tu faisais l'amour à cette femme, tu avais le sentiment de te perdre dans un océan de sensualité. Il en est de même pour moi, Gonzalo : dans les bras de ma Li, je ne suis plus un cul-terreux d'Estrémadure, je suis véritablement Marco Polo.

Ton vrai problème, c'est que ta Marisol, elle est patiente, mais elle doit bien sentir que quelque chose cloche. J'imagine qu'elle ne va pas tarder à réclamer son dû. Elle m'a un peu fait confidence du pacte qu'elle a scellé avec ton père : elle t'épouse, elle est jeune et pas trop mal faite, elle te fait un enfant. Mais l'autre partie du contrat, c'est que tu lui payes un ordinateur et des études de styliste à Mérida, ou à Badajoz, peut-être même à Séville. Elle en a marre de faire de la couture à la chaîne. Je crois qu'elle a du talent, tu sais. Elle a montré ses dessins à son nouveau patron, il a dit qu'il voulait faire quelque chose de ça, il l'a félicitée. Il faut qu'elle progresse encore, mais bientôt elle pourra lui proposer des modèles, pour la prochaine collection. Mais le challenge, Gonzalo, je te le répète, c'est qu'il faut que tu arrives à lui faire un enfant.

Moi, je serais toi, je lui raconterais cette histoire avec Fanfan, ta vie en France, ton passé, tes difficultés. Elle est simple ton histoire amoureuse : au final, tu es juste un homme qui doute, et cette fragilité te rend encore plus humain, plus sympathique. Elle ne peut qu'attendrir ta femme, les passés difficiles, elle connaît. De plus, si tu tardes trop, Mange-Miette va finir par penser que c'est elle qui a un problème, et ce n'est pas juste. J'insiste lourdement : quoi qu'il arrive, paye ses études et l'ordinateur, parce que c'est ta part du marché et que c'est toi qui ne remplis pas le contrat. Je la connais, Mange-Miette, elle acceptera parce qu'elle est passionnée, et d'une certaine manière, ce sera plus facile pour toi, tu n'auras plus l'impression de l'avoir sur les bras : elle prendra le bus pour Badajoz ou ailleurs tous les matins et elle rentrera tard le soir, souvent après que tu seras parti au boulot.

La connaissant, tu la retrouveras endormie sur son ordinateur au petit matin, lorsque le sommeil l'aura surprise en pleine création. L'autre jour, Li m'a dit qu'elle était allée la voir pour la robe qu'elle lui a commandée pour le Nouvel An chinois, et que le sol de la maison était jonché de grandes feuilles blanches couvertes de silhouettes, d'ébauches de vêtements, manteaux, robes, pulls. Elle reste des heures derrière sa machine à coudre les jours de congé. Li m'a même expliqué que Marisol a une vieille peluche à qui elle a confectionné une garde-robe de ministre : toute une collection « enfant ». Mange-Miette raconte partout que pour qu'elle puisse coudre un peu plus, c'est souvent toi qui réchauffes la tortilla ou qui prépares une salade. Tu passes pour un héros aux yeux de plus de la moitié des femmes du village. Laisser ta femme s'épanouir te donnera surtout du temps. Du temps pour revenir des tropiques avec ton grand navire, dont les cales sont chargées de trop de souvenirs. Il faut rentrer au pays, Gonzalo. Marco Polo est revenu finir ses jours dans sa ville natale, et même Christophe Colomb est mort à Valladolid.

Gonzalo et El Dueño

Je suis allé voir Constantino, pour repasser de jour et faire bouger un peu les lignes de ma vie professionnelle. Marco Polo avait raison, je manquais de relations sociales, je devais vivre une autre réalité, moins solitaire, parler espagnol, faire de nouvelles rencontres. Ma demande me paraissait légitime mais quand j'ai évoqué mes difficultés personnelles, El Dueño s'est mis dans une rage noire, il a hurlé pendant cinq minutes qu'il avait besoin d'un veilleur de nuit, qu'il se moquait de mes petits problèmes de Français, qu'ici on était en Espagne et qu'on y travaillait dur, qu'il allait quand même falloir que je m'y mette, et que je ne vienne pas me plaindre tous les quatre matins. Je l'ai regardé sans rien dire, les bras ballants, interloqué. Mon silence, mon étonnement l'ont décontenancé. Il s'est tu rapidement. Après quelques minutes de silence, il a dit : « Excuse-moi, Gonzalo, je ne sais pas ce qui m'arrive, à m'énerver comme ça. Ou plutôt si, je ne le sais que trop bien. Viens dans mon bureau, je vais t'expliquer. Je ne veux pas déballer ma vie au milieu de la cour. »

Il m'a proposé une bière et en a bu une d'un trait

avant même que je n'aie eu le temps de dégoupiller la mienne. Je devinais qu'il en avait gros sur le cœur, qu'il ne savait pas par où commencer. Je me suis revu sur ma chaise à Toulouse, avec ma lettre pour la Tía. J'ai pensé à Fanfan et tout à coup elle m'a manqué, j'ai senti un grand vide en moi, j'aurais aimé l'entendre, la voir se balancer dans son grand fauteuil, ma Fanfan du début, la joyeuse, l'ouragan des tropiques qui avait dévasté et balayé ma solitude. Cette bouffée d'amour a dû attendrir mon visage, El Dueño s'est senti en confiance, alors il m'a parlé de sa femme, Marcia. Pour lui aussi, les choses étaient complexes. Il n'en dormait plus la nuit.

Il l'avait vue pour la première fois de sa vie à l'école, le jour de la rentrée des classes, alors qu'il n'avait que six ans. Il avait une mémoire époustouflante, et se souvenait de tout dans les moindres détails, notamment de cette maîtresse qui avait l'air méchante, vieille, avec un regard dur, de sa voix de stentor pétrifiante. Elle vociférait ses ordres, les enfants devaient se ranger par deux, en silence et en bon ordre. Constantino était terrorisé, sa mère avait disparu derrière le grillage, il avait du mal à réfléchir, à se concentrer, tout était tellement nouveau, il se sentait perdu dans l'immensité de la cour. Immobile, il ne savait pas quoi faire, quand il avait senti la main de Marcia dans la sienne. Son regard s'était tourné vers elle, et il avait vu sa peau dorée, son foisonnement de boucles brunes, ses grands yeux sombres encore plus terrifiés que les siens. Toute sa minuscule personne tremblait de peur en ce jour de rentrée, et il sentait les ondes de ses tressaillements jusque dans sa main. Il n'en menait pas beaucoup plus large, mais il l'avait oublié totalement pour serrer plus fortement la petite main moite et crispée de Marcia.

Même si je le trouvais un peu excessif, je restais bouche bée et je vivais cet éblouissement de l'enfance, je sentais la main tremblante. Lui, les yeux levés vers le ciel, il clamait que ce jour-là, du haut de ses six ans, il avait compris que la seule chose qui le ferait vivre, et pour laquelle il se battrait dorénavant, serait de garder cette main dans la sienne. Un serment d'enfant, de ceux qu'on tient jusqu'à la mort.

En grandissant, Constantino avait rapidement compris que ce ne serait pas tâche aisée, les adultes avaient construit une barrière entre eux. Toujours la même histoire, d'une banalité triste : elle était riche, il était pauvre. Le père de Marcia était notaire, sa mère médecin, tous les deux issus de grandes familles où les héritages ne faisaient que croître de génération en génération, sans que le talent ou l'ingéniosité y soient pour quelque chose. Constantino, avec sa mère au foyer, son père militaire et ses huit frères et sœurs, ne pouvait prétendre l'épouser un jour, elle restait son rêve inaccessible. Mais il n'avait pas baissé les bras, il s'était accroché. Les études, le sport, tout ce qu'il pouvait engranger pour briller d'intelligence et se tenir en bonne santé, il le faisait pour elle, pour obtenir un regard, un sourire. Il était sur la bonne voie, elle prenait toujours sa défense, comme ce jour où il était arrivé à l'école la tête rase : les poux ayant fait leur apparition à la maison, son père avait tondu toute la fratrie pour plus de commodité, les sœurs avaient seulement eu droit à quelques centimètres supplémentaires. La famille avait été une fois de plus la risée de leurs camarades.

Seule Marcia s'était assise aux côtés de Constantino comme d'habitude, sans paraître surprise. Plus tard, à la récréation, elle avait dit en passant son index sur son front : « J'aime beaucoup, ça te va bien : avec tes cheveux très courts, on voit mieux tes yeux clairs. Et puis on découvre ta cicatrice sur le haut, là, elle fait peur. J'aime bien avoir peur, surtout quand c'est pour de rire. »

La mémoire d'El Dueño semblait intacte après tant d'années, alors que personnellement j'avais peine à me souvenir de quelque chose avant mes douze ans. Je me demandais s'il n'enjolivait pas un peu les choses, mais il avait l'air de revivre les événements : il passait la main dans ses cheveux et tâtait sa cicatrice.

« Je me suis fait tout seul, Gonzalo, mais je n'ai aucun mérite, j'ai étudié, j'ai travaillé pour Marcia. Elle me rendait mon admiration. Nous nous donnions des rendez-vous en cachette, et nous passions de longues heures à parler de l'avenir, des voyages que nous ferions, de la maison de nos rêves avec une porte toujours ouverte pour les amis. »

Constantino avait dû partir à Séville pour ses études d'ingénieur, et ce départ avait été un déchirement. Il n'avait jamais cessé de lui écrire – à peu près tous les deux jours – de longues lettres enflammées dans lesquelles il l'assurait de la constance de son amour malgré l'éloignement. Marcia lui répondait lettre pour lettre et projetait de venir le rejoindre.

Constantino avait travaillé d'arrache-pied, passé son diplôme, sans qu'elle puisse le retrouver, assignée à résidence par son père qui s'inquiétait de cette correspondance amoureuse. Ce dernier avait tout à coup imposé un mari, un riche descendant d'une branche annexe de la famille des Alba, notaire lui aussi. Marcia avait refusé catégoriquement. Les colères paternelles, le chantage avaient semblé venir à bout de sa détermination : elle avait accepté cette union, de guerre lasse. Mais quelques jours avant le mariage, elle avait fui. Elle était descendue rejoindre Constantino à Séville et lui avait dit : «Je n'ai rien à moi, tout ce que je possède est à mes parents, à ma famille. Les seules choses qui m'appartiennent sont mon corps et mon cœur, et bientôt je ne les posséderai plus. Je te les donne ce soir si tu veux bien de moi.»

Après avoir prononcé ses mots, le discours de Constantino devint confus. Il n'était plus avec moi. Il était avec sa déesse, qu'il avait prise avec la ferveur d'un fanatique, toute la nuit. Les yeux lui sortaient de la tête, il murmurait des mots dont je ne saisissais pas toujours le sens. Il caressait ses cheveux, léchait sa peau, son sexe, son corps entier. Il parlait de profanation, d'honneur et de déshonneur, de peau douce et de seins blancs, de Madone de la semaine sainte qu'il portait nue sur ses seules épaules, et devant laquelle il se signait. Le petit matin de cette nuit d'amour mit fin à son évocation lyrique, mais comme lui je restai silencieux et hébété devant tant d'exaltation.

Il n'avait pas pu accepter de la céder à un autre qui l'aurait salie, qui ne l'aurait pas aimée autant que lui. Il avait proposé de fuir, loin, en Afrique, en Guinée équatoriale, où l'on parlait l'espagnol, pour une acclimatation plus facile. Elle avait accepté. Constantino se souvenait parfaitement du nom de chaque ville traversée lors de ce voyage de noces illégal et improvisé. En arrivant à Malabo, ils n'avaient plus un seul centime devant eux. Il avait travaillé comme un fou, comme mécano, ouvrier, maçon. Tout ce qu'il trouvait, il prenait. Marcia aussi accepta des petits boulots, puis un poste de secrétaire à l'ambassade. Avec leurs économies, Constantino avait pu monter sa propre boîte d'usinage, il était devenu riche rapidement et on avait commencé à l'appeler « El Dueño ». Il avait étendu son petit empire et possédait des usines au Cameroun et au Gabon voisins.

Il avait fallu dix ans pour que le courroux paternel s'épuise et que l'autorisation de revenir leur soit accordée. Dix ans de bonheur : ils étaient seuls au monde, en terre étrangère, et cette solitude cimentait leur couple. À leur retour en Espagne, la féerie avait continué : Constantino avait gardé ses usines en Afrique et il avait repris la cimenterie qui périclitait, en plus de la coopérative agricole. Il avait acheté des terres petit à petit, embauché les bonnes personnes, il était devenu à lui seul plus riche que sa belle-famille. Son beau-père le traitait d'égal à égal. Les problèmes avaient commencé quand Constantino avait fait un enfant à Marcia.

« Je ne devrais pas dire ça comme ça, je devrais dire *depuis qu'elle a fait un enfant*, parce qu'il faut bien avouer, Gonzalo, que je n'ai pas fait grand-chose. Une petite éjaculation rapide. Je le sais parce que c'était l'époque où j'étais à l'hôpital avec les deux jambes brisées d'être tombé du toit de la cimenterie où j'avais voulu changer un bardage. J'étais plâtré de partout et Marcia m'était grimpée dessus pour s'amuser, tu vois un peu le tableau, on n'avait pas fait durer : une infirmière pouvait débarquer d'un moment à l'autre, les plâtres pouvaient se briser, c'était trop compliqué, trop stressant. Au moment du déplâtrage, Marcia m'a appris qu'elle était enceinte, on savait bien tous les deux que c'était parti de là. C'était drôle au fond, et ce n'était pas si grave, puisqu'on s'aimait. Mais c'est pour te dire comme je n'ai rien fait. »

Constantino avait été indifférent à cette annonce, voire contrarié, et il ne s'expliquait pas ce manque d'entrain : un enfant de sa femme adorée, n'était-ce pas un but, un accomplissement ? Pendant la grossesse, il s'était senti rejeté. Des détails insignifiants, mais qui, mis bout à bout, le faisaient se sentir terriblement seul. Marcia n'avait plus d'attention pour lui, elle était juste fixée sur son ventre, sur les choses qu'elle ressentait, les mouvements du bébé. Elle ne pensait qu'à des choses matérielles, et ne parlait que de lit à barreaux, de table à langer, de poussette. Elle sortait sans cesse avec ses amies pour trouver le dernier accessoire à la mode dont elle avait absolument besoin pour l'enfant, passait ses après-midi chez sa mère et l'accouchement était l'unique sujet de sa conversation. Heureusement, la coopérative se lançait dans l'import-export sous l'impulsion de Constantino, il avait du travail par-dessus la tête, et matière à rentrer plus tard le soir. Elle dormait quand il rentrait, elle ne voulait plus faire l'amour, à cause du bébé. Constantino avait interrogé sa secrétaire, Rosalba, puisqu'elle avait déjà l'expérience de deux enfants, elle lui avait conseillé d'attendre un peu, d'être patient, de ne pas brusquer les choses.

Quand Martín était né, les difficultés avaient empiré. Constantino pensait qu'il pouvait aller au diable, il n'était pas sûr qu'elle s'en aperçoive. Elle n'était plus la même. «Je n'existe plus. Même s'il m'en venait l'envie, je ne peux plus la toucher, elle a toujours le gosse dans les bras. Soit pour le nourrir, soit pour qu'il ne pleure pas. Il dort avec nous, parce qu'elle a peur qu'il ne respire plus, ou parce qu'il a des coliques, enfin il y a toujours une bonne raison. Je finis par le détester. Tu imagines? Détester son propre gosse?»

Il avait essayé de parler un peu de sexualité avec Marcia, elle lui avait avoué qu'elle n'était pas encore prête à « s'y remettre ». *S'y remettre.* Il avait eu la sensation qu'elle lui parlait de retourner à la mine ou en prison. Elle lui avait demandé de patienter, et lui avait reproché un certain désir bestial bien masculin dont elle ne voulait plus. Devinant tout de même sa stupéfaction, sa tristesse, Marcia expliquait à Constantino qu'il ne pouvait, ne pourrait jamais la comprendre puisqu'il n'avait pas accouché, qu'il n'avait pas enfanté. Elle ajoutait qu'il n'avait pas été marqué dans sa chair, comme elle. Constantino avait eu des visions de torture, ou d'un raz de marée qui aurait emporté sa femme au loin, et fini par la lui redéposer aux pieds, dans une molle vaguelette, brisée et pleine de coquillages accrochés aux cheveux. Lui, debout devant elle, serait resté indemne de tout traumatisme. C'était peut-être vrai. Il avait l'impression de ne pas être devenu père, que le lien ne s'était pas fait, il regardait cet enfant comme un étranger et il restait impuissant. Il ne savait pas comment faire pour l'aimer, il s'en jugeait incapable. Le soir, il attendait qu'elle lui ait donné le bain, qu'elle l'ait couché, pour rentrer. S'il le prenait dans ses bras c'était uniquement pour faire plaisir à Marcia, il ne se passait rien, il trouvait l'enfant laid, toujours rouge. Il essayait d'écouter son cœur, il espérait une allégresse, un instinct paternel venu du fond des âges, un amour qui viendrait subitement à éclore. Rien, ce cœur restait vide d'émotion et battait sans accélération. Constantino attendait de retrouver la Marcia dont il était fou, mais il sentait que plus rien ne serait jamais *comme avant* avec cet enfant entre eux.

Je ne savais pas quoi dire pour le réconforter, alors j'ai continué à me taire. Il avait la tête baissée, il réfléchissait encore. Je me suis levé et j'ai posé ma main sur son épaule, que j'ai serrée. Mon geste lui a rendu la parole.

«J'ai vu le psychiatre, Sergio, sans le dire à Marcia, j'avais peur d'être un monstre comme dans la mythologie, tu sais, les pères qui dévorent leurs enfants. Il m'a dit que c'était normal, que je ne sache pas trop y faire avec mon fils, qu'on lit la marche à suivre dans le manuel des parents, celui qu'ils vous donnent à lire, en vous élevant. En gros, je n'ai pas lu la bonne recette. Ça m'ôte un peu de culpabilité, mais ça ne m'aide pas plus que ça au quotidien. Tu vois, c'est là qu'on se retrouve. Le premier qui repère la sortie du labyrinthe prévient l'autre.»

Nous sommes restés silencieux, je me suis rassis, j'attendais qu'il revienne de son constat pathétique pour lui poser à nouveau la question pour le boulot de jour. Je n'ai pas eu besoin de le faire, il m'a remercié de l'avoir écouté, m'a assuré de sa confiance et m'a annoncé qu'il avait quelque chose à me proposer. Un nouveau travail qui pourrait peut-être m'intéresser.

« J'ai racheté la grande propriété de chasse à cinq kilomètres d'ici sur la route de Mérida. Tu la connais cette réserve, on y est tous allés braconner un peu : des hectares plantés de chênes verts entourés de grillages hauts de plus de deux mètres et des caméras partout. Un voyou sert de garde-chasse, un moins-que-rien qu'on peut acheter avec une bouteille. Il travaille quand ça lui chante, c'est-à-dire jamais : le grillage est plein de trous, la végétation trop dense même pour les animaux. Les caméras ne fonctionnent plus depuis longtemps. Je vais le licencier et tu auras les coudées franches pour embaucher un ou deux gars à toi, plus honnêtes, moins faciles à corrompre. Je pense à Ezra, notamment, c'est un type solide malgré ce qu'on dit, et c'est une mine : il sait tout faire, tout réparer. Il est mal payé à la mairie, et les autres types le méprisent alors qu'il en sait plus que toute cette bande de branquignols. Il acceptera seulement si c'est toi qui demandes. Il faudra sécuriser ce paradis pour gros riches en mal de violence, réparer les clôtures, remettre la vidéosurveillance en état, acheter deux 4 × 4 pour patrouiller régulièrement. On y viendra de toute l'Europe pour chasser le sanglier, des bêtes magnifiques nourries aux glands sauvages. Je veux qu'on accompagne les clients, ces crétins ne savent pas tuer correctement, ce sont des viandards qui veulent seulement une photo d'eux devant un animal mort. Tu devras vérifier que les prélèvements se font dans les règles de l'art : je veux de la vraie chasse, pas du ball-trap. Si tu acceptes, je double ton salaire, puisque tu deviens chef d'équipe. Ta femme, elle pourra aller à Madrid pour ses études. »

Il m'a demandé de ne pas répondre tout de suite, de

réfléchir. Il craignait que je refuse, parce qu'au-delà du boulot, je sentais bien que c'était un peu d'amitié qu'il me proposait. L'un comme l'autre, nous en avions besoin. En le quittant, je savais déjà que j'allais dire oui.

J'ai fait le tour de cette fameuse propriété avant de rentrer à la maison. Constantino avait eu le nez creux, en achetant cette terre. C'était une vaste succession de collines peuplées de chênes verts et de chênes-lièges, d'arbrisseaux rabougris d'où s'échappaient par salves les pies-grièches piaillant la joie de l'été. Le soleil de juin avait déjà toasté les prairies fleuries du printemps, les herbes avaient poussé et elles commençaient à sécher. Quand la brise les caressait, elles faisaient semblant de s'enfuir par vagues successives, à l'écume dorée. Dans le soir tombant, des milliers d'insectes microscopiques montaient vers le ciel, et, quand ils l'atteignaient, ils s'illuminaient et devenaient transparents de lumière. Ce paysage m'a comblé de bonheur : le monde était vaste, et on percevait ici un peu de sa splendeur, malgré les grillages défoncés, les chemins embroussaillés, les points d'eau asséchés. Il y avait du travail, certes, mais ce n'était qu'un petit ourlet, la nature avait taillé le patron, monté le costume. Je jargonnais couture depuis que je vivais avec Marisol. J'ai pensé à elle tout à coup avec une tendresse infinie. J'ai eu envie de la voir subitement et je suis rentré ventre à terre, impatient de lui confier la proposition de Constantino.

Elle n'était pas à la maison, j'avais juste un petit mot qui me demandait de ne pas l'attendre, elle rentrerait tard, elle devait passer chez Blanca pour retoucher une veste d'hiver. Il y avait aussi un petit flacon, que je devais boire avant de manger, une potion concoctée par Guépard, pour mon genou douloureux. Ça m'a énervé. Pour une fois que j'avais un truc à dire, pour une fois que j'avais des vacances, que je ne travaillais pas, j'aurais bien voulu en profiter avec ma petite femme. *Ma petite femme.* Mon agacement est retombé d'un coup, je me sentais tellement illégitime dans le rôle du bon mari. J'ai bu le flacon à même le goulot, ce n'était pas mauvais, un mélange de banane et de rhum, avec une certaine amertume malgré tout, un arrière-goût. Finalement assez désagréable. J'ai rincé avec une bière en jetant un œil sur la télé, j'ai passé toutes les chaînes en revue sans que rien arrive à me captiver suffisamment. J'ai préparé une assiette de salade pour Marisol, tomates, carottes râpées, betteraves et œufs durs, et j'ai mangé la mienne debout dans le jardin en regardant pousser mes haricots ramants. J'en étais particulièrement fier, ils grandissaient comme ceux de Jack, ils semblaient magiques.

Je suis allé me coucher, puisqu'il n'y avait rien d'autre à faire. Chico s'était tiré sournoisement, en essayant de ne pas faire de bruit sur le carrelage. Ce traître de chien savait marcher sur la pointe des coussinets et se retourner les ongles pour être plus discret. Il me faussait compagnie de plus en plus souvent le soir. Il n'était jamais bien loin et je n'avais qu'à siffler pour qu'il revienne rapidement, mais je sentais qu'il y avait anguille sous roche. Ou plutôt chienne sous roche. Lui, il n'avait pas de problème de vaudou.

J'ai fini par m'endormir, comme assommé en un éclair d'une fatigue monumentale. Plus tard dans la nuit, je me suis mis à rêver : il y avait Fanfan contre moi, qui me caressait le sexe doucement. Il y avait son parfum, gingembre, muscade, ananas et vanille. J'ai eu envie d'elle comme jamais, depuis le temps que je voulais une femme contre moi. Je caressais ses seins, ses cuisses, dans une extase presque irréelle. Elle s'accrochait à moi et je sentais que, comme par le passé, elle me cherchait, que ses hanches venaient à ma rencontre, que son pubis battait contre le mien. Mais elle était trop maigre : c'était Marie-Té. Je l'ai pénétrée d'un sexe qui me semblait de métal et dont j'étais fier, un sexe froid éclaboussé d'elle, qui devenait brûlant de sa chaleur, qui se nourrissait de la pointe de ses seins contre mon torse, de ses mains qui s'accrochaient à mes épaules, à mes cheveux. Je sentais cette verge dont je n'étais que le porte-drapeau rougir à la flamme de ses allées et venues, obéissant ainsi aux injonctions de la respiration saccadée de ma maîtresse de la nuit. Toutes les femmes que j'avais possédées dans ma vie me revenaient en mémoire, par fragments, je les entremêlais, prénoms, corpulences, regards, bouches avides ou dédaigneuses. Elles ne faisaient qu'une, la Vénus noire de mes fantasmes. J'ai senti les épines du plaisir confluer du fond de mes reins, du haut de mes cuisses, du bas de mon ventre pour venir me crucifier d'une longue éjaculation et d'un orgasme apocalyptique qui m'a rappelé que j'étais vivant et que je pouvais cesser d'en douter.

J'ai basculé sur le côté, en la maintenant contre moi, espérant que le rêve continue, craignant qu'elle ne m'échappe, que je me réveille et que tout ce que j'avais vécu ne disparaisse avec la réalité du matin, que tout ne soit qu'hallucination. Je m'endormais et je me réveillais de façon discontinue, j'étais dans un état comateux où seule l'inquiétude de ne plus la sentir contre moi me gardait dans un éveil fictif. Elle était toujours là, et je la prenais à nouveau, et je voyais à nouveau la mer, les rivages découpés, puis les plages de sable fin, toute la kyrielle des clichés emmagasinés dans ma mémoire, nourris par les longs discours nostalgiques de Fanfan sur ses îles. Marie-Galante, Basse-Terre, Rivière-Salée. Je ne sais plus combien de fois je lui ai fait l'amour, mais j'ai fini par ne plus savoir qui j'étais, où je me trouvais et j'ai sombré, sûrement au petit matin, dans un sommeil pâteux. Le jour pointait, Chico n'était toujours pas rentré.

Je me suis réveillé beaucoup plus tard, à cause de mon bras douloureux, vidé de son sang par le poids de la femme que je tenais dans mes bras. Elle était blanche, bien sûr. Le soleil entrait à flots à travers les persiennes à peine baissées, et de mes yeux mi-clos je pouvais voir ses épaules, les courbes de ses hanches fines. J'ai pensé aux villages blancs d'Andalousie, au sable de Zahara de los Atunes, à la Sierra enneigée, et puis je n'ai plus pensé du tout, j'ai juste caressé sa peau, elle était douce. Elle s'est retournée et elle a posé sa tête sur ma poitrine.

« Tu m'aimes quand même un peu, alors ?

— Comment as-tu fait ? ai-je seulement répondu.

— Ce n'est pas comment *j'ai* fait, mais comment *nous avons* fait. »

Ils avaient tous comploté. Ils avaient organisé des réunions dans mon dos pour trouver des solutions à mes faiblesses. Le Père avait assuré l'intendance : les états généraux avaient eu lieu chez lui, tôt le matin quand je dormais. Il offrait le café, les petits gâteaux. C'est la Tía qui avait eu l'idée du protocole et proposé de fabriquer une sorte de potion pour diminuer ma perception de la réalité et stimuler ma virilité. Guépard avait assuré de ma bonne santé et fourni un peu d'opium de sa pharmacie. Guzmán avait appelé en renfort une vieille Dominicaine, chanteuse de soul à Badajoz, et Marisol avait passé un après-midi chez elle pour apprendre les subtilités de la sensualité des îles. Marco Polo avait passé plusieurs nuits à commander tous les ingrédients de la potion aphrodisiaque, car il les avait voulus directement importés de Guadeloupe : sucre roux non raffiné, banane oiseau, bois bandé, carambole, gingembre, etc. Un parfum local à base de vanille Bourbon, dont Marisol devait user généreusement, complétait le tableau. El Dueño avait tout payé. Blanca et Ezra avaient été de toutes les réunions, courant de-ci de-là chaque fois qu'on avait besoin d'eux, approuvant de leur silence les décisions. La Niña avait donné des cours du soir à Marisol, enseigné certaines caresses expertes et surtout comment « tromper son monde ».

D'abord terriblement honteux que mon impuissance et sa future guérison puissent faire l'objet d'une telle recherche, qu'on les dissèque dans leurs moindres détails, et qu'on complote sur mon intimité, j'ai finalement souri de cette conspiration, il fallait que je me rende à l'évidence : on avait agi pour mon bien. Je dois reconnaître qu'après cette nuit-là, je ne me suis plus posé de questions sur ma virilité. J'ai arrêté de me plaindre à tout-va et j'ai commencé mon nouveau travail de garde-chasse avec une énergie débordante et un moral d'acier.

J'ai acheté un ordinateur dernier cri à Marisol et passé des soirées avec elle à chercher une école, un stage, une maison de couture où elle pourrait apprendre et laisser fleurir son talent.

Je pensais encore souvent à Fanfan, mais son souvenir devenait flou, ou plutôt ne restait que le beau, le tendre. Ne tintaient plus à mes oreilles que son rire franc et massif, ses chants créoles, et s'effaçaient les cris et les récriminations.

El Silencio

Il n'y a que Blanca qui connaît véritablement mon histoire, Gonzalo. Elle a lu mon dossier avant de me prendre en charge, et les médecins lui ont conseillé de garder cette histoire secrète, de me présenter seulement comme un enfant en retard, porteur d'une légère forme d'autisme qui s'améliorerait avec de l'amour et de l'attention au jour le jour. Tu sais les liens qui se sont tissés entre nous, l'amour qu'elle m'a donné. Elle m'a accepté et elle est devenue ma mère, mais toi, si tu veux m'embaucher comme second, il est juste que je t'informe. Écoute-moi bien, tu sais comme parler me coûte, à plus forte raison de choses intimes, et je n'évoquerai plus jamais le passé après ces révélations. J'ai failli tout te dire la veille de ton départ, mais je ne voulais pas que tu t'encombres du fardeau de ma vie, avant ce grand voyage. Il fallait que tu sois léger de moi et que tu puisses plus facilement m'oublier. J'ai gardé l'espoir que tu reviennes pendant de longues années, je rêvais d'une autre occasion de tout te dire. Et puis j'ai fini par penser ne jamais te revoir, et garder ça pour moi seul. Je l'aurais fait, d'autant plus que maintenant j'ai ma Niña et que grâce à elle je peux tout supporter, tout affronter. Elle connaît mon histoire, elle en a lu le sommaire à travers quelques papiers que je garde, et je lui ai donné les détails. Nous avons tous les deux des passés douloureux, dont nous tâchons de nous défaire l'un par l'autre. Elle a besoin de protection, j'ai besoin d'amour, ensemble nous sommes plus forts pour affronter nos destins. Mais la raison majeure qui me pousse à la confession aujourd'hui, plus encore que cette proposition d'embauche, est que la Niña est enceinte et que je vais être père. Cette future paternité me comble autant qu'elle m'agite du fait de ma propre naissance, j'ai besoin d'avoir un frère avec qui en discuter.

Je ne suis pas un homme normal, parce que je ne suis pas venu au monde dans des conditions normales. Mes parents étaient frère et sœur. Ils vivaient dans une maison isolée dans la Sierra Morena. Des paysans, de l'ancienne génération, pour qui la terre était tout. Le travail était leur religion, l'essence même de leur vie. Leurs églises étaient les champs, leurs prières les labours, les semis, les moissons, ils cultivaient, sans relâche, travaillaient comme des forçats. Ils gagnaient peu, la terre ne rendait pas tout ce qu'on lui donnait. Mon père et ma mère avaient un an d'écart, je ne sais pas quand ni comment l'amour et le désir ont remplacé la fraternité, mais je peux l'imaginer. Je pense qu'il est venu à l'adolescence, un jour d'été. À cause d'un sein sorti d'un corsage et caché à la va-vite, de jupes relevées sur des cuisses blanches, d'une herbe courte invitant à s'allonger là, l'un contre l'autre, seuls au monde, pour regarder la Voie lactée et compter les étoiles filantes. L'envie a jailli à la vue d'un torse perlant de sueur, d'une épaule forte, d'un bras musclé qui vous tient la taille. Leur amour est né d'une complicité, d'une similitude d'émotion et de la différence des sexes, celle qu'on a bien vue en se baignant ensemble dans les trous d'eau de la rivière. Tu sais comme à cet âge les corps parlent avant les bouches. J'aime à le rêver, j'aime à me dire que ce fut beau et simple, qu'ils se retrouvaient avec la joie de tous les amoureux, qu'ils se caressaient dans les vallons, à l'abri des regards. Peut-être même est-ce arrivé bien avant l'adolescence, avant de savoir que c'était interdit.

Ils sont restés là-haut toute leur vie. Je suis convaincu qu'ils s'aimaient, je veux le penser. Quand ma mère a eu quarante ans, elle est tombée enceinte. Ils ont été surpris, je suppose, après toutes ces années. Ils ont dû penser que c'était Dieu qui les punissait tardivement de leur amour illicite. La grossesse a été ignorée par ma mère pendant plusieurs mois, puis elle a dû se rendre à l'évidence : j'ai sûrement bougé, j'ai dû exprimer ma présence, j'exigeais de venir dans ce monde qui pourtant ne m'attendait pas. Elle ne m'a jamais expliqué comment ils avaient vécu les choses, elle ne m'a jamais parlé, je sais juste qu'ils se sont retirés un peu plus du monde. Je suis né à la maison, ils se sont débrouillés seuls, ils avaient l'habitude avec les bêtes, ils n'ont rien dit à personne. Je n'ai pas existé jusqu'à mes sept ans.

J'ai vécu caché dans la maison. Je ne sortais jamais, je n'avais le droit de jouer que dans la grange, quand les portes étaient fermées. On ne me parlait pas, on ne s'occupait pas de moi. Je grognais pour obtenir à manger, je griffais quand j'étais mécontent. Mon unique occupation était de regarder à travers les fentes en bois des bâtiments, des portes, d'essayer d'imaginer le dehors. J'avais compris qu'il y avait un monde effrayant au-delà, un monde trop lumineux qui m'abîmait les yeux, un monde bruyant, et agité de choses curieuses. Je ne savais pas ce qu'étaient le vent, la pluie, le soleil, mais je les devinais à travers le prisme des interstices. Je m'étais construit un monde personnel, fait de sensations sur lesquelles je ne pouvais pas mettre de mots. Mes jouets étaient les insectes, les mulots, les chats, tout ce qui avait une vie, et que j'arrivais parfois à approcher à force d'immobilisme et de curiosité. J'étais un enfant sauvage, un animal. Seule grand-mère me parlait, et la psychiatre m'a dit que c'est grâce à elle que j'ai pu progresser un peu, ne pas devenir totalement fou. Elle était grabataire, incapable de se mouvoir, mais elle parlait à mi-voix. Elle racontait des histoires, que je ne comprenais pas, mais les mots entraient tout de même dans ma tête. Je ne sais pas si elle avait toute sa raison. Comme mes parents travaillaient au-dehors la plupart du temps, je venais m'allonger contre elle et ma présence la faisait parler. Monter dans son lit équivalait à tourner le bouton d'une radio étrangère, je ne comprenais pas la langue, le discours n'était pas réellement organisé, mais je percevais les intonations, les soupirs, les rires, et parfois, dans son délire, il lui arrivait de me serrer la main.

Les choses auraient pu durer longtemps, si mes parents n'étaient pas morts. Ils ont été tués à coups de couteau par un vagabond à qui ils avaient dû refuser l'hospitalité. Un coup du sort. Je me suis souvent demandé ce qu'il serait advenu de moi si ce cinglé n'avait pas pris le chemin qui mène à la ferme. La vie tient à peu de chose, Gonzalo. Nous ne sommes rien. On a retrouvé ce type quelques jours plus tard, il avait fait d'autres victimes sur son chemin, une équipée macabre. Mes parents, je ne les ai pas vus mourir, j'étais enfermé avec grand-mère à l'intérieur comme d'habitude. Le vagabond avait pris des poules, quelques légumes, il avait tenté de rentrer dans la maison sans succès, les parents barricadaient tout avec beaucoup d'attention, il n'avait pas eu l'idée de leur faire les poches, où se trouvaient les clefs. J'avais aperçu un pan de son manteau loqueteux, entendu ses mains s'acharner sur le loquet de la porte, et je m'étais enfui dans la grange, terrorisé, me cacher dans ma « chambre », un empilement de bottes de foin qui laissait une anfractuosité où je me dissimulais pour dormir.

Il a fallu plusieurs jours pour que la police retrace le parcours sanglant du meurtrier et arrive à la ferme. Grand-mère ne parlait plus depuis au moins deux jours, elle s'était éteinte comme une bougie, je n'aimais plus me coller contre elle du fait de sa froideur et de son silence. Je me servais de ce que je trouvais dans la cuisine pour manger, mais les choses s'abîmaient, je commençais à avoir vraiment faim. Je les ai vus arriver, à travers les fentes de la porte en bois de l'entrée. De la lumière bleue qui tournoyait et qui m'explosait les yeux chaque fois qu'elle me regardait.

Ils sont restés longtemps dehors, à marcher, à aller et venir, je me demandais qui ils étaient, personne n'était resté ainsi devant la porte si longtemps, je n'en avais pas le souvenir. Je me suis caché quand ils ont ouvert subitement, avec les clefs trouvées sur le corps des parents, j'ai eu peur, la lumière était trop forte, j'ai couru me cacher dans ma chambre de paille, mais ils m'ont vu détaler. J'étais tout nu, en été on ne m'habillait pas. Ils étaient nombreux, ils parlaient fort, j'étais terrorisé, je griffais la main ou mordais les bras qui essayaient de m'attraper. Ils se sont tus subitement, ils ont cherché une solution, ils sont tous partis, sauf un. Il m'a fait sortir en me lançant des bouts de pain et des morceaux de chocolat. J'avais tellement faim. Le chocolat, je ne connaissais pas.

Ils m'ont jeté un drap dessus et attrapé comme un mulot.

Ils ne savaient pas où me mettre, que faire de moi, je hurlais dès qu'on s'approchait trop et je me débattais furieusement dès qu'on tentait de me prendre par la main ou dans les bras. En désespoir de cause, ils m'ont enfermé à l'hôpital psychiatrique. Il fallait me protéger des curieux, j'étais devenu un fait divers important dans les journaux, on dissertait sur mon passé et mon destin d'enfant caché. On me supposait toutes les tares possibles du fait de la consanguinité, j'étais presque un monstre. À l'hôpital, les médecins me regardaient sous toutes les coutures, j'étais un fameux cas clinique. Je ne savais manger qu'avec les doigts et je me couchais roulé en boule sous le lit. La lumière était toujours trop forte, je rugissais dès qu'on entrebâillait les volets.

Plus tard, il est venu une jeune femme médecin qui s'est intéressée à moi, d'une façon plus douce. Elle a commencé par m'offrir des lunettes de soleil très opaques, que j'ai acceptées avec toute la joie d'un aveugle recouvrant la vue. Au début je dormais avec, même la nuit. Cette jeune femme était d'une patience extraordinaire avec moi, et elle parlait sans cesse dès qu'elle se retrouvait en ma présence, d'une voix douce et égale, sans à-coups, sans cris. Je suis venu me coller contre elle au bout d'un moment, je croyais retrouver grand-mère. La jeune femme ne bougeait pas, elle continuait son discours. Quand j'ai été suffisamment rassuré par elle, elle a commencé à m'apprendre des mots, sans que je m'en aperçoive, elle inventait des exercices. Elle me posait un morceau de sucre dans la main et disait « sucre » plusieurs fois. Un jour, j'ai compris et j'ai pu répéter. J'ai parlé rapidement.

C'est elle qui la première m'a nommé Ezra, parce qu'on avait retrouvé une petite brassière, une seule, brodée de ces lettres. Elle avait eu l'idée de tenter l'expérience : comme les chiens, c'était à peu près le seul mot qui me faisait relever la tête, on pouvait en déduire qu'on m'avait parfois appelé comme cela. La psychiatre consignait tout dans un grand cahier, elle écrivait tous les progrès que je faisais, tous les détails de mon ouverture au monde. Elle s'attachait à moi, plus qu'elle n'aurait dû, et elle en avait conscience. Alors, pour moi, pour elle, elle m'a confié à Blanca.

Elle m'a fait sortir de l'hôpital pour venir ici, dans une région où personne ne connaissait mon histoire, mais où la lumière, les odeurs, le chant des oiseaux étaient les mêmes. Blanca m'attendait. Le jour où je l'ai vue pour la première fois, quand nous avons été seuls, elle est venue à côté de moi et au lieu de parler, elle a chanté. C'était la première fois qu'on chantait en ma présence, je ne savais pas qu'on pouvait faire ça avec sa bouche, chanter. J'ai posé ma main sur son cou, ça vibrait là-dedans, on avait enfermé un oiseau dans sa gorge et il cherchait à s'échapper. C'était beau sa mélodie, j'ai écouté et j'ai voulu rester avec elle, qui faisait des choses si curieuses, si apaisantes, et qui avait un oiseau dans la gorge. Par la suite, quand j'étais triste ou en colère, je venais à nouveau poser la main sur son cou et elle se mettait à chanter sans que j'aie besoin d'en dire plus. Je n'ai plus jamais grogné. Comme grand-mère, elle me prenait la main et la serrait sans l'écraser dès que nous sortions quelque part. Souvent, je m'asseyais sur ses cuisses, et ses bras, que je jugeais énormes avec mes yeux d'enfant, venaient m'enserrer. Il me semblait alors que rien ne pouvait m'arriver derrière ce rempart de chair gélatineuse et parfumée, derrière cette muraille d'amour.

Néanmoins, au-delà de cet amour sans faille, c'est toi qui m'as vraiment fait progresser Gonzalo, l'envie de te ressembler. Je voulais parler, lire, compter, avec et comme toi. Tu me soutenais, Blanca croyait en moi, j'ai pu rattraper le temps perdu grâce à vous deux. Malgré tout, je ne serai jamais tout à fait comme les autres. La mairie m'a embauché grâce à ton père, mais je sais bien que si j'avais dû me présenter seul, on ne m'aurait jamais recruté : je suis un handicapé de la relation humaine. Mais toi, Gonzalo, tu es mon frère, tu m'as toujours respecté, avec toi je me sens moins différent. Et tu parles pour deux.

Depuis que la Niña est dans ma vie, je fais des projets, je ne me contente plus de vivre pour manger ou dormir. Je ne sais pas comment t'expliquer ça, mais à présent j'ai l'impression d'être deux, en permanence, même quand elle n'est pas physiquement à côté de moi. Je veux le meilleur pour elle, le fruit le plus mûr, l'eau la plus fraîche, le pain le plus blanc. Après la naissance, je l'aiderai à reprendre un travail ou des études, qu'elle puisse repartir de là où sa vie a dérapé. Il me faut de l'argent pour l'aider. Ma lettre de motivation, c'est elle. Tu peux me faire confiance, je suis capable de faire des semaines sans dimanche pour ma Niña. Je veux juste pouvoir revenir quelques heures à la maison m'allonger contre elle et dormir dans son parfum de femme.

Je veux bien travailler avec toi, bien sûr, mais j'ai beaucoup de défauts : je n'ai pas une bonne perception des choses, je n'ai pas l'esprit d'initiative, je n'aime pas parler. Mais j'ai tout de même des atouts, tu verras : j'aime réparer les choses. Les objets se laissent découvrir, ils ne mentent pas. Ils s'abandonnent plus simplement que les humains, j'ai l'impression de mieux les comprendre. Je sais à peu près tout faire, mais je suis lent. Je crois être plus méticuleux, plus patient. Tu dois accepter cette lenteur. Entre nous, c'est facile, parce que nous avons nos attaches, mais si tu deviens patron, les enjeux seront peut-être différents, tu auras des comptes à rendre, tu ne pourras pas me couvrir sans cesse si je ne suis pas à la hauteur, si je ne vais pas assez vite. Je ne voudrais pas que mon invalidité vienne me priver de mon frère. J'ai suffisamment vécu sans toi, Gonzalo, je ne suis pas prêt à te perdre à nouveau.

Gonzalo sans Marisol

Marisol est partie pour Madrid quelques mois plus tard, sans me faire l'enfant qu'elle me devait. Au début, elle revenait souvent le week-end, mais à la longue elle fit de moins en moins le voyage, prétextant la fatigue, les obligations professionnelles, les essayages. Quand je ne travaillais pas, je passais les soirées ou les week-ends avec la Niña et Ezra pour me sentir moins seul, mais surtout pour profiter de leur fils Guillermo, un nourrisson dodu et souriant qui me ravissait. Blanca nous rejoignait après sa tournée d'inspection chez le Père. Elle se partageait entre lui et Ezra, elle aidait comme elle le pouvait, en faisant de la cuisine, un peu de ménage, du repassage, ou simplement en surveillant le petit pendant que sa mère se reposait. Les deux femmes s'appréciaient et leur différence d'âge, de culture n'avait aucun impact sur leur amitié, qu'on devinait profonde. Les fins d'après-midi, je les surprenais souvent assises côte à côte à parler de Madrid, elles avaient le même besoin de se souvenir et chacune trouvait en l'autre une interlocutrice passionnée. J'étais fasciné par cette faculté qu'elles avaient toutes les deux de se jeter dans une conversation intéressante et tout à coup se lever – sans cesser de parler – pour aller moucher le nez de l'enfant, remettre le drap tombé à terre ou agiter un hochet. Elles me donnaient l'impression d'avoir des yeux derrière la tête, un radar à la place des oreilles, ou une sorte de sixième sens que je ne possédais pas.

Ces soirées ne comblaient pas ma solitude d'homme, je m'en étais rendu compte en regardant un soir la Niña apportant des verres de vin trop remplis : sa démarche lente, sa lèvre inférieure légèrement pendante sous l'effort de concentration, sa robe trop étroite qui moulait ses formes de jeune mère, ses seins encore pleins de lait qui débordaient naïvement du décolleté, toute sa féminité maternelle épanouie m'avait placé dans un état de désir soudain, violent, à la limite du contrôlable. Au téléphone le lendemain, j'avais avoué à Marisol qu'elle me manquait, avec une intensité dans la voix qui en dévoilait beaucoup de mon désespoir, mais elle n'avait pas relevé, tout à son enthousiasme : on lui avait proposé un poste en apprentissage dans une maison de couture, a priori assez connue, et elle ne tarissait pas sur les perspectives professionnelles extraordinaires que cela pouvait lui apporter. Elle avait travaillé d'arrache-pied, avec une énergie jamais ébranlée. Je la savais heureuse, et j'espérais pour elle un certain succès, rapide et inattendu, qui comblerait son appétit de reconnaissance. Elle rêvait de gravir les échelons dans cette enseigne qui possédait des magasins dans le quartier huppé de Pacífico. Je savais qu'elle ne me disait pas toute la vérité, et parfois son discours me laissait entrevoir le côté obscur de ce monde créatif. Derrière les projecteurs, c'était un monde hargneux, un monde où l'alcool, le sexe, la cocaïne vous font accepter la pression du succès mais vous vieillissent beaucoup plus vite qu'une vie simple. Je savais qu'elle reviendrait un jour ou l'autre, épuisée, fanée, et que ces excès lui factureraient alors le même âge que moi.

Mon indigence sexuelle me faisait souvent penser à Fanfan. Je me demandais ce qu'elle était devenue, si elle avait vieilli, ou grossi, si son caractère avait changé. J'imaginais qu'elle filait toujours le parfait amour avec sa craie d'Étretat, mais j'espérais qu'elle habitait encore dans notre appartement, parce que j'aimais me la remémorer dans des lieux connus. Parfois, les soirs où je buvais un peu trop, j'étais tenté de lui écrire, une simple carte où je lui aurais souhaité bon vent, en mémoire de nos années communes. Puis, je me donnais le courage d'écrire une lettre entière pour lui demander de ses nouvelles, une lettre où j'aurais négligemment, presque par habitude, laissé mon adresse au dos de l'enveloppe. Je me couchais sans l'avoir fait, dans un éclair de lucidité qui m'avait rappelé les tenants et les aboutissants de notre rupture, l'éloignement, l'impossibilité de retrouvailles.

Quand je n'étais pas chez Ezra, je passais parfois chez le Père boire un verre et parler de la vigne. Il avait fini par m'y intéresser presque à mon insu, non pas avec de grands discours sur la vinification ou le choix des cépages, mais avec de petites explications très simples sur le travail du vigneron. Je m'apercevais que dans ma jeunesse je ne l'avais pas suffisamment écouté et je regrettais de ne pas l'avoir fait, de ne pas avoir été plus émerveillé par ses discours déjà passionnés de l'époque.

Dans sa cuisine, devant moi, le vieil homme disparaissait, et renaissait le Máxi de la Finca des Dieux qui, de ses grands bras maigres et bronzés, me montrait comment tailler, tomber les bois, épamprer, rogner, vendanger. Il sortait ensuite une bouteille, née de tout ce travail, l'ouvrait avec précaution, sans l'agiter, et me servait un verre. Là, le regard interrogateur, il me disait avec solennité : « Goûte. » Je n'y connaissais rien, et j'en avais honte. Comment avais-je pu laisser filer toute cette théologie ? Mon père me sommait silencieusement de donner mon ressenti, ma perception de son vin, mais rien ne venait, je restais, comme le cancre de la classe, transi d'ignorance. Après quelques minutes, devant tant d'attente et d'espoir paternels, je m'acquittais d'un misérable et trop laconique « Il est très bon ». Alors, comme s'il déclamait des alexandrins, le Père, déçu de mon manque de vocabulaire, se levait, et avec emphase me décrivait l'attaque, détaillait la robe, titrait le gras, commentait l'harmonie… Je restais des heures à l'écouter et, le vin aidant, je sentais sa vigne pousser sur mes jambes, monter le long de mon dos, s'enrouler autour de mes bras pour me ficeler à la table. Je me tenais là, béat, confit, pétri d'admiration pour mon père.

Il y avait des soirs où je préférais être seul. Je demandais à Ezra de me déposer à quelques kilomètres de la maison et je rentrais à pied, à travers la campagne. Je dérangeais les perdrix rouges qui couraient devant moi comme des poules domestiques sur les herbes sèches. Je ne me lassais pas de la vue des champs gras ponctués de chênes verts, des troupeaux de cochons placides, des chemins creux déjà humides du soir tombant. J'aimais entrer au village par quelques rues désertes, où seuls des enfants jouaient au ballon. Je rentrais chez moi en marchant le long des murs blancs lépreux, des portes closes de lourds rideaux immobiles, de volets encore fermés malgré la fraîcheur revenue. Je balayais un peu la maison, j'arrosais mes haricots, et je me sentais morose. Je finissais toujours par penser à Toulouse, à la Garonne, aux copains dont je n'avais pas pris de nouvelles. Je me trouvais ingrat, inconstant. Je pensais à la Légion, à certaines missions où j'avais craint pour ma vie, à l'Afrique, à cette face hostile et barbare qu'elle m'avait livrée et que n'avait pas su amortir totalement la figure plus enchanteresse. Il me restait pour ce continent un goût amer dont je ne pouvais me défaire. Je finissais toujours par penser à Fanfan, en l'absence de Marisol, Fanfan et son matété de crabes qui mijotait sur la gazinière, au coup de cuillère en bois qu'elle faisait semblant de m'asséner si je m'approchais trop de la casserole. Fanfan et ses yeux sévères qui disaient *on ne touche pas* et sa bouche rieuse qui disait *goûte.* Je me souvenais de sa robe à volants de madras jaune profond, bordée de dentelles, qui lui découvrait les épaules et les laissait nues, rondes et lisses. J'y posais souvent les lèvres par surprise, attiré comme un aimant, et Fanfan me récompensait d'un soupir mélodieux et d'un petit rire innocent.

Ces soirs de solitude ordinaire, je n'avais pas le courage d'aller chez Ezra, ni chez qui que ce soit. Je n'avais pas envie d'aller tâter le bonheur des autres. Il y avait bien Guépard ou El Dueño, que je savais presque aussi désespérés que moi, mais là, c'était tout leur chagrin feutré si semblable au mien que je ne me sentais pas en capacité d'écouter, de ressentir. Ces débuts de nuit-là, Chico restait avec moi, il flairait que je n'étais pas dans mon assiette. La tête sur ses pattes croisées, ses yeux allaient de moi à la porte ouverte sur la rue : il restait à contrecœur.

Je n'avais pas le courage de me faire à manger, je grignotais du maïs grillé et des chips, en faisant passer le tout avec une bouteille de vin du Père, avachi sur la banquette, en me lessivant le cerveau devant la télévision. J'aurais pu appeler Marisol, mais je sentais confusément qu'elle ne m'écouterait pas. La vie d'ici ne l'intéressait plus, elle vivait des événements bien plus exaltants. Je restais scotché sur l'écran jusque tard dans la nuit, captivé comme jamais par des reportages addictifs, dégoulinants de stupidité. Je connaissais la vie de la Cayetana Alba mieux que celle de ma mère. Torpillé par le vin, je m'endormais tout habillé sur la banquette, sans savoir néanmoins si cette vieille rombière somptueuse s'était réconciliée avec ses rapaces de gosses après avoir épousé son gigolo.

Gonzalo et la Rana

Marisol est revenue, mais enceinte. Elle a beaucoup maigri, elle a le teint gris et me demande pardon à chaque phrase. Le type qui lui a fait cet enfant est un véritable artiste, et de ce point de vue presque une caricature. Selon Marisol, c'est un torturé, un homme lumineux et sombre à la fois, un type entre deux mondes, le réel et celui de ses exaltations. Il peut en une nuit créer du fantastique, et tout détruire au matin dans un accès de démence. Elle a été subjuguée par son talent, ses modèles, sa façon de mettre en valeur une étoffe, sa conception originale de la mode, sa vision épurée et complexe malgré tout du luxe et de la beauté. Le sexe n'a été qu'une anecdote dans leur liaison artistique, un soir un peu arrosé parmi tant d'autres, une fusion des corps bien moins enrichissante que celle des esprits et de l'art. Elle s'est aperçue trop tard de cette grossesse, totalement ignorée dans le tourbillon professionnel qu'elle vit, et n'a pas su quoi faire, une fois le diagnostic posé. Elle a sombré dans la dépression, n'osant avouer à son amant cette future paternité, sachant bien qu'il serait incapable de l'assumer. Il a déjà d'autres enfants dont il ne s'occupe pas. Elle a laissé les choses aller, et elle a fui Madrid, prétextant un besoin de repos, du surmenage, une envie de campagne, parce qu'elle en était déjà au septième mois.

« Je suis désolée, Gonzalo. Je te demande pardon. »

Je n'ai pas pu parler pendant deux jours. Marisol restait muette, elle aussi, le nez dans son assiette, je ne rentrais que pour les repas. Les soirées étaient courtes et glaciales, j'allumais la télé dès que nous avions fini de manger pour éviter le silence pesant entre nous. La journée, quand je travaillais, je songeais à cette grossesse et j'oscillais entre une rage noire et des phases d'abattement intense. J'avais des envies subites de monter à Madrid me faire justice, et dans le même temps je me demandais : *Justice de quoi ?* Tour à tour je parlais tout seul et je restais silencieux, à tourner cette histoire dans tous les sens, me demander qu'en faire, comment l'accepter. Ezra sentait que je n'étais pas comme d'habitude, mais il ne disait rien, il rentrait la tête dans les épaules et me regardait derrière ses lunettes noires. Je ne pouvais rien dire, c'était quelque chose à régler entre Marisol et moi.

Le troisième jour, j'ai préparé la table du petit déjeuner dans le jardin et quand elle est venue s'asseoir devant son bol de café, j'ai pu dire :

« Marisol, je t'ai demandé des enfants, je n'ai pas spécifié qu'ils devaient tous être de moi. Fais-le, ce petit, puisque tu n'as pas le choix, et laisse-le-moi, je m'en occuperai. La paternité n'est pas une histoire de sperme, c'est une histoire d'homme, de responsabilité. »

Elle m'a souri, d'un pauvre sourire triste avec des larmes dans les yeux. Ce qui m'a fait du bien, c'est la main qu'elle a posée sur mon bras, et qui m'a susurré : *T'es un mec bien, Gonzalo.* Je me suis trouvé compréhensif et charitable, mais dix minutes après, en rangeant le beurre dans le frigo pour ne pas qu'il s'abîme, j'ai pensé : *T'es dingue, comment tu vas faire ?*

Je n'ai pas eu le temps de trop gamberger, la petite est arrivée quinze jours plus tard pour moi, deux mois trop tôt pour elle, on a été sonnés tous les deux. Je l'ai nommée Esperanza, pour lui insuffler le courage d'affronter son destin. Marisol m'avait donné son aval, elle ne s'intéressait pas à sa fille, la regardait comme une étrangère, le courant ne passait pas. Il faut dire qu'elle était vraiment moche, cette pauvre gosse : ridée comme une vieille pomme, d'une couleur violacée de marbrures noirâtres inquiétantes, et criblée de tuyaux pour l'aider à survivre. Des bras arachnéens, des jambes maigrelettes, des cuisses de grenouille même pas bonnes à manger. Je l'ai vite appelée *la Rana,* avec un certain cynisme. Ce n'était pas la mienne, je trouvais un malin plaisir à m'en moquer allègrement. Une fille, en plus ! L'artiste n'avait pas été capable de faire le garçon dont je rêvais, et cet échec me réjouissait.

Mais cette grenouille voulait vivre et, devinant que j'étais peut-être le seul à pouvoir faire quelque chose pour elle, elle ouvrait les yeux quand je venais la voir et que je lui parlais à travers la vitre de sa couveuse. Dans le service, chacun s'accordait à dire qu'il n'y avait qu'à moi qu'elle octroyait cette grâce. Marisol était repartie à Madrid quelques jours à peine après l'accouchement, j'étais son unique visiteur. Je venais tous les jours, avec la régularité d'un bon papa, la prendre contre moi, faire du « peau à peau ». Au début, c'était pour cacher la vérité aux infirmières, aux amis, à la famille, mais rapidement je constatai que je venais pour moi, pour sentir sa peau de soie sur la mienne, empocher le petit regard vide et angoissé qui me distinguait singulièrement des autres. C'est par le cadeau de ce regard-là que ma grenouille est entrée dans mon cœur. Au fil des jours, j'oubliai qu'elle n'était pas de moi, que ce n'était pas un garçon et j'apprenais à la laver, la langer, la nourrir, je m'extasiais devant chacun de ses progrès, même les plus infimes. Je sentais qu'elle devenait mienne par étapes successives, en me tenant le doigt, en me souriant dans son sommeil, en finissant son biberon, en prenant un peu de poids chaque jour. Elle me donnait des bons points, et j'étais fier d'elle, car les infirmières me disaient que j'étais le meilleur papa du monde. Je confesse qu'en sortant de l'hôpital, après trois longs mois de soins quotidiens, c'était ma fille à part entière et j'aurais égorgé quiconque serait venu me disputer cette paternité.

Le retour à la maison fut plus difficile : Esperanza était fragile, elle redonnait tout ce que ses géniteurs avaient bu d'alcool, fumé de tabac et de cannabis, sniffé de cocaïne. Elle pleurait sans cesse dans des gémissements douloureux et désagréables. La seule chose qui l'apaisait, c'était moi. Il suffisait que j'ouvre un peu ma chemise et que je la garde sur ma poitrine, pendant que je regardais la télé, ou que je la colle contre mon épaule quand je faisais la sieste et elle s'endormait. Même Blanca et la Niña n'en revenaient pas : dès que je la prenais dans mes bras elle s'apaisait, alors que les deux femmes l'avaient bercée sans succès pendant mon absence. J'étais fier là encore, je possédais donc moi aussi le radar à gamins, et mieux que ça : le radar à gamins difficiles.

Avec le temps, en grandissant, elle devenait plus tranquille et plus forte. Elle me suivait partout dès qu'elle le pouvait, elle rampait presque entre mes jambes. Elle gazouillait sans cesse, d'abord un galimatias de syllabes incompréhensibles, puis des « pa-pa » assez distincts qui me rendaient poisseux de félicité. Quand je me promenais avec elle dans les bras, on me complimentait pour son bon port de tête, son air éveillé qui signait l'intelligence et sa beauté de petite demoiselle. Tout ça ne pouvait venir que de moi, les gens nous trouvaient les ressemblances que la génétique nous interdisait. Je l'aimais, elle me donnait une raison d'exister, d'être indispensable à quelqu'un. Je n'étais plus seul avec cette grenouille, et j'avais mille choses à faire, balayer devant elle sur son chemin de vie, ôter les cailloux et combler les ornières. Ma paternité subite me rapprochait encore plus d'Ezra : je lui faisais de grands discours où je comparais couches, petits pots, et où je dissertais sans relâche sur la diversification alimentaire, les allergies, la toux. Il m'écoutait en hochant la tête. J'étais intarissable. Pétri d'enthousiasme paternel, j'allais parfois jusqu'à envisager un mariage entre Esperanza et Guillermo, juste après qu'elle serait devenue pédiatre et lui président de la République. Là seulement, Ezra répondait d'un simple et lapidaire : « On verra, Gonzalo, on verra », qui me ramenait au silence. Temporairement.

Marisol ne donnait de nouvelles que très rarement, je commençais à penser qu'elle ne reviendrait jamais. Elle avait changé de téléphone et avait omis de me donner le nouveau numéro, je ne pouvais même pas la joindre. Elle avait déménagé et m'avait envoyé une carte avec sa nouvelle adresse, un appartement pas loin de son travail. Je supposais qu'elle s'était installée avec son créateur. Je lui écrivais des lettres pour lui donner des nouvelles d'Esperanza, je pensais pouvoir maintenir un lien, même ténu, et je racontais par le menu les progrès de ma Rana, ma fierté, mon amour. Je n'avais jamais de réponse.

Ma vocation de père, mon travail m'occupaient, ma vie était riche de mille et un événements simples qui faisaient sa diversité, et me la rendaient plaisante, mais je devinais qu'il me manquait quelque chose pour être totalement heureux. Je me réveillais parfois la nuit, me croyant à Toulouse contre Fanfan. Je pensais encore à elle le matin, au réveil, quand je versais mon café dans ma tasse. Je me souvenais particulièrement d'un retour de mission au Mali, je me voyais distinctement monter les escaliers, ouvrir la porte avec impatience, jeter mon barda dans l'entrée et entendre chanter à mes oreilles l'immortel :

« Te voilà enfin, méchant petit Blanc ! Pourquoi m'as-tu laissée seule si longtemps ? »

Il fallait que je retombe amoureux, que je rencontre une femme avec laquelle je puisse vivre les mêmes moments d'exaltation, la même joie de rentrer, je n'étais pas encore assez vieux pour abdiquer. Je ne voulais pas finir seul à parler du passé la larme à l'œil, à être une charge morale pour Esperanza. Je savais que même Chico me lâcherait un jour ou l'autre, il avait déjà presque seize ans.

Gonzalo et Concha

C'est un matin brumeux, en montant dans le 4 × 4, qu'Ezra m'a demandé de l'aide pour trouver du travail à la Niña.

« Tu comprends, Gonzalo, je ne veux pas qu'elle reste cloîtrée à la maison avec les deux petits, ce n'est pas une vie suffisamment intéressante. Elle gâche son intelligence. J'aimerais qu'elle retrouve une vie sociale, qu'elle sorte, qu'elle ait des choses à me raconter, mais avec une flamme dans les yeux. Les couches, les enfants, ça ne suffit pas à la longue, ça ne tient pas une vie entière. »

J'ai parlé de Belén à tout hasard à Constantino et il a proposé de l'embaucher sur-le-champ. Notre amitié n'y était pour rien, il avait réellement besoin d'une secrétaire pour seconder Rosalba, elle n'y arrivait plus seule avec les nouvelles directives européennes qui obligeaient la coopérative à plus de traçabilité. Je n'ai pas eu à discuter, la candidature tombait à point nommé.

Je suis allé leur annoncer la bonne nouvelle le soir même, tout fier de moi. La Niña en a eu les larmes aux yeux, Ezra avait vu juste. Une fois l'effervescence retombée, j'ai attendu que Blanca rentre chez elle pour évoquer la garde des enfants.

« Se pose le problème des petits : il faut trouver quelqu'un pour remplacer la Niña, on ne peut pas envisager de les laisser à Blanca toute la journée, ils sont bien trop turbulents pour une femme de son âge. »

Ezra avait mûri le projet bien avant nous, et il avait devancé l'appel en se renseignant à droite et à gauche depuis quelques semaines. Il pensait avoir trouvé quelqu'un en qui nous pourrions placer notre confiance :

« Tu la connais de nom, Gonzalo, c'est la petite-fille de Doña García, la femme qui est morte sous les coups de son époux. Son père s'appelait Paco, ton père t'en a sûrement parlé, ils étaient très amis par le passé. Elle est revenue il y a quelques semaines pour reprendre la maison de sa grand-mère, rue Zurbarán. Elle n'a pas beaucoup d'argent, elle cherche du travail. Dans le village, on dit que c'est une femme honnête, propre et discrète. Tu pourrais aller la voir, tu sauras mieux que nous si elle est sérieuse. Elle s'appelle Concepción. »

J'ai frappé à sa porte dès le lendemain, dans la soirée. J'ai été surpris par sa beauté, je ne sais pas à quoi je m'attendais, mais je suis resté sur le perron, gauche et bredouillant. Elle était mince, assez petite, de grands yeux clairs, une couronne de cheveux noirs tressés avec soin qui rehaussait le laiteux de sa peau et une bouche très rouge et délicatement dessinée. Blanche-Neige. C'est l'idée qui m'est venue. Il émanait d'elle une douceur palpable et une jeunesse que devait contredire l'état civil. Elle m'a invité à entrer en m'appelant par mon nom. Elle savait qui j'étais, on lui avait déjà parlé de moi au supermarché et elle m'avait aperçu à la pharmacie avec Esperanza. Elle a plaisanté en disant que j'étais une figure locale. Elle m'a parlé français tout à coup, pour me demander à quoi ou à qui elle devait le plaisir de ma visite. Je me suis figé : je me retrouvais à Toulouse, place Saint-Georges, à boire mon café sous les platanes. Comme je restais muet, elle a continué à parler tranquillement du temps, de l'humidité de la maison qui n'avait pas été ouverte pendant si longtemps, des travaux qu'elle voulait y faire. Plus tard, j'ai pu lui demander où elle avait appris ce français impeccable, puisque ses propos anodins, sa voix tranquille m'avaient laissé le temps de me détendre, de sortir de mon étonnement : elle avait vécu à Bordeaux de nombreuses années, nous avions été voisins. Elle connaissait même un peu Toulouse, pour y être allée une fois. Elle se souvenait de la Ville rose, qu'elle avait jugée plutôt rouge, du Capitole, de Saint-Sernin, de la Garonne marronnasse qui coulait entre les quais. L'écouter me faire la visite touristique de *mon* Toulouse en français a provoqué en moi une bouffée d'amitié pour elle, et là, alors que je venais à peine de poser mes fesses sur sa chaise, j'ai raconté ma vie, l'Allemagne, Fanfan, mon retour, Marisol, Esperanza. Elle m'a écouté sans dire un mot, mais sur son visage j'ai vu passer les émotions, l'inquiétude, la joie, la tristesse, et cette empathie m'a poussé plus encore à la confidence. Il faisait nuit quand je l'ai quittée. Je l'ai remerciée en partant, et je lui ai proposé de venir passer quelques matinées avec les enfants chez Ezra, une sorte de période d'essai, alors que je n'étais plus vraiment sûr de lui avoir parlé de la proposition d'embauche.

En allant récupérer Esperanza chez la Niña, je m'en suis voulu de m'être répandu, d'avoir encore une fois raconté mon intimité. Je croyais être guéri de cette solitude qui me poussait à me dévoiler devant n'importe qui en donnant des détails si personnels. Ezra m'a rajouté une petite couche de culpabilité en me demandant si cette femme avait l'air digne de confiance, et je me suis entendu dire : « Oui, oui, elle est très bien, on peut compter sur elle. » Je n'en savais strictement rien.

Je suis retourné chez Concepción le lendemain après le travail et je l'ai trouvée en train de décoller du papier peint.

« Je n'ai pas connu mon arrière-grand-mère et personne n'a rien pu m'en dire, tant cette vieille femme vivait seule et recluse, mais cette maison sent si fort le triste, le sale et le sombre, que je pense que mon aïeule y a été bien malheureuse, il me faudra du temps pour ramener la lumière et la joie, ici. »

J'ai retrouvé avec jubilation le français. Je me suis excusé pour mes confidences de la veille, j'ai osé évoquer la honte qui m'avait poursuivi après mon départ et mon incrédulité devant cette logorrhée récurrente que je dégainais dès qu'on me portait un peu d'attention. Elle a affiché un sourire compatissant qui m'a rassuré et elle a affirmé m'avoir compris, du fait d'une certaine similitude entre nos deux passés. Elle m'a proposé de se raconter un peu, afin que je me sente moins en dette vis-à-vis d'elle. J'ai écouté en sirotant le fino qu'elle m'avait servi d'autorité, comme la veille.

« J'ai été élevée par ma mère, qui ne m'a jamais parlé

de mon père, à tel point que j'ai longtemps cru ne pas en avoir. Maman m'a répété toute mon enfance, et mon adolescence, qu'elle aimait Dieu plus que les hommes. » Concepción passait alors sa vie à l'église avec sa mère. Les deux femmes étaient de tous les offices, elles participaient à toutes les œuvres de charité de la paroisse. Je devinais que Dieu, son Fils descendu parmi les hommes et la Vierge Marie étaient les membres de leur famille et la religion leur unique sujet de conversation. À tel point que Concepción avait longtemps imaginé être la fille du Seigneur et avoir été conçue comme le Christ. Cette idée saugrenue avait mûri en elle, abreuvée par le discours amoureux de sa mère pour l'Éternel. Elle décrivait avec minutie les transes mystiques de celle-ci, qui la laissaient les yeux brillants de larmes, le regard perdu et la bouche ouverte sur un râle. Un amour presque charnel, que la fillette trouvait d'une pureté absolue et qui à présent, en y songeant, la mettait comme moi mal à l'aise.

À dix-huit ans, Concepción avait pu s'échapper du carcan maternel et trouver un travail à l'usine dans une grosse bourgade voisine de son village. L'entreprise comptait huit employées, un contremaître et un patron, Don Miguel Alaya. Ce dernier l'avait étudiée les premiers jours comme un animal de laboratoire, de son regard froid et dur. Après cette inspection, il avait affiché un sourire satisfait qui avait rassuré Concepción sur la durabilité de son embauche. Au fil des mois, il s'était même rapproché d'elle et on sentait qu'il lui accordait une attention particulière. Il lui offrait un café à sa pause et la complimentait souvent pour la perfection de son travail. Une des autres ouvrières, Mina, qui était devenue son amie du fait de la proximité de leurs postes, le lui avait fait remarquer, la faisant rougir jusqu'à la racine des cheveux.

« Tu as tapé dans l'œil du patron, Concha. C'est sûr. Nous, il ne nous regarde même pas, c'est comme si nous n'existions pas. Il n'y a que toi qui trouves grâce à ses yeux. C'est parce que tu es belle. Oui, il te trouve belle, ça se voit. Il te dévore des yeux. »

Ce devait être vrai, puisque rapidement Don Alaya l'avait demandée en mariage, et sa mère avait été enchantée de cette nouvelle. Sa fierté se lisait sur son visage quand elle parlait de sa fille et de ces futures noces. L'affaire fut rondement menée, le mariage somptueux, s'y pressa tout le petit monde qui avait de l'importance dans la ville. La foule des notables compensa le peu de parents des futurs époux : Concepción n'était accompagnée que de sa mère et de son amie Mina, et Don Alaya n'avait que son témoin, le contremaître Don Jaime, qui était aussi son demi-frère, avec qui il vivait depuis la mort de leur mère.

On donna à Concepción une magnifique chambre dans la maison de son époux, une grande hacienda blanche au toit crénelé bâtie sur une colline de la ville, dont l'allée bordée de palmiers gigantesques rivalisait de luxe et d'extravagance avec les demeures des Indianos. Elle y passait tout son temps, son mari ne voulant plus qu'elle travaille à l'usine, un emploi bien trop indigne de sa nouvelle épouse. Elle faisait le ménage, préparait les repas, elle avait du travail et ses journées étaient bien remplies, car Don Alaya était très exigeant. Il voulait des fleurs fraîches tous les jours, des draps changés régulièrement, des cuivres flamboyants, une nourriture variée, de qualité et peu grasse. Il surveillait son poids et accordait beaucoup d'attention à son aspect physique, à ses tenues. Concepción continuait à aller à la messe, encouragée par son époux qui pourtant ne l'accompagnait jamais, prétextant une foi solide ne nécessitant pas la ferveur. Elle n'avait pas le droit de descendre seule en ville, le chauffeur l'accompagnait toujours et l'attendait à la sortie de l'église. Sa mère, débarrassée de la présence de Concepción après son mariage, était entrée chez les carmélites, s'autorisant enfin à épouser son Dieu. Elle ne prenait plus de nouvelles de sa fille et lui avait demandé d'espacer ses visites au couvent, celles-ci perturbant trop sa retraite spirituelle. La vie sociale de Concha se limitait donc à quelques soirées guindées où on invitait Don Alaya, puisqu'il faisait partie des personnalités influentes de la région. Lors de ces occasions trop rares, il lui offrait une robe neuve et le coiffeur venait à la maison. Don Miguel était fier de l'exhiber, il se pavanait à son bras mais lui interdisait de parler plus que la bienséance ne le permettait. Elle devait s'en tenir à quelques banalités, dites sur un ton égal et sans jamais se départir d'un sourire de madone. Concepción se sentait particulièrement seule, même Don Jaime, pourtant plus proche d'elle par l'âge, l'évitait, et elle sentait, malgré les efforts faits pour l'apprivoiser, qu'il ne l'aimait pas.

Quelques mois après le mariage, son amie Mina lui fit la surprise de venir la voir. Concepción en fut ravie. Très volubile, elle lui fit visiter la maison et proposa de boire un café sur la terrasse, accompagné des petits gâteaux préférés de son mari, ceux qu'il faisait venir à grands frais de Madrid. Le café colombien, la nappe d'organdi d'un blanc éblouissant, la porcelaine fine des tasses, les cuillères en argent impressionnèrent Mina. Après avoir détaillé la vue, fait le tour de leur quotidien respectif assez pauvre en événements captivants, Mina posa rapidement la question d'une éventuelle grossesse et, devant l'air stupéfait de Concepción, elle lui demanda sans détour si elle faisait bien tout ce qu'il fallait pour ça.

« Je ne savais pas ce qu'il fallait faire *pour ça.* Vous allez me trouver bien niaise, Gonzalo, mais réellement je ne savais pas. Ma mère ne m'avait jamais expliqué, elle n'avait jamais abordé ce sujet. Me croirez-vous si je vous dis que j'attendais seulement qu'un archange vienne m'annoncer la bonne nouvelle et me donner un enfant ? Je n'avais jamais vu d'homme nu, je n'imaginais pas qu'ils aient un sexe différent du mien. »

Mina, abasourdie dans un premier temps, lui expliqua tout, mais en des termes si crus, si violents, si incompréhensibles que Concepción eut un malaise. Elle se réveilla sur son lit, sous le regard courroucé de son époux, Mina avait disparu. Don Alaya lui interdit de la recevoir à nouveau.

Il fallut plusieurs jours à Concepción pour trouver le courage d'évoquer la possibilité d'un enfant et elle le fit un soir pendant le repas, ne voulant pas être seule avec son époux pour évoquer ce sujet délicat, la présence de Don Jaime la rassurait. Quand elle eut posé la question, Don Miguel resta de marbre et son demi-frère s'étrangla avec sa bouchée de poulet.

« Ce ne sont pas des sujets convenables dont on parle à table, Concepción. »

Puis, après un moment de réflexion :

« Je viendrai ce soir vous l'expliquer, dans votre chambre. »

Elle avait désiré que le jour ne finisse pas. Elle craignait surtout de voir ce sexe dont lui avait parlé Mina. Don Alaya était venu beaucoup plus tard dans la nuit. Il avait parlé d'une voix mécanique, il avait caressé son bras, et soulevé sa chemise de nuit. Puis il était parti précipitamment, comme s'il s'enfuyait, sans penser à refermer la porte derrière lui. Concepción, intriguée, avait attendu un peu et l'avait suivi dans le couloir. Sa chambre était grande ouverte, il n'y était pas. Elle s'était avancée jusqu'à la porte de Don Jaime et elle avait entendu des bruits, des sanglots étouffés, une conversation inaudible. Elle était retournée dans sa chambre, perplexe, elle ne savait pas quoi penser.

C'est encore Mina qui l'avait éclairée. Elle était montée un après-midi, elle avait appris que Don Miguel et son contremaître étaient à Badajoz pour le rachat d'une succursale. Puisqu'on l'avait chassée de la maison lors de sa dernière visite, Mina savait qu'elle n'y était pas la bienvenue et elle avait sauté sur l'occasion pour voir son amie qui lui manquait. Concha avait parlé de la soirée où Don Alaya était venu dans sa chambre et Mina, échaudée, lui avait expliqué avec douceur cette fois, en mesurant bien ses paroles, qu'il arrivait de temps à autre que des hommes s'aiment comme mari et femme, et que c'était sûrement le cas de Don Miguel et Don Jaime. Qu'ils n'étaient pas demi-frères et que Concha était leur alibi, la vitrine d'une fausse vie maritale. Qu'on l'avait choisie à dessein, parce qu'elle était particulièrement naïve. Avant le mariage, Mina se souvenait les avoir souvent entendus parler de « la cruche » mais elle n'avait pas fait le rapprochement à l'époque, ils étaient toujours si vulgaires quand ils parlaient des employées, ils les méprisaient toutes. Mina ne pouvait rien faire pour son amie, elle ne pouvait rien dire à personne, elle avait besoin de son travail. Déjà, depuis sa dernière visite et la syncope de Concha, on lui faisait des ennuis, des remontrances quotidiennes, on lui cherchait des noises. Elle sentait qu'elle était sur le gril.

Après son départ, Concepción avait passé plusieurs jours à songer à son avenir. Il n'y avait que la fuite d'envisageable. La France lui était apparue comme le seul endroit possible : lointaine et pourtant accessible. Elle avait économisé le prix du billet, centime par centime, pendant des mois. Don Miguel ne lui donnait que rarement de l'argent pour payer les livreurs, mais il laissait toujours un peu plus pour les pourboires. Elle ponctionnait tout ce qu'elle pouvait, souvent quelques centimes seulement. Elle voulait aller à Paris. Paris, la Ville Lumière, avec sa tour Eiffel, son Quartier latin. Quand elle avait pensé avoir assez d'argent, elle avait fait son sac et elle était descendue à pied à la gare, dès le matin. Avec ses économies, à sa grande surprise, elle n'avait pas pu aller plus loin que Bordeaux. Elle avait payé en petite monnaie sous les yeux courroucés de la guichetière et les murmures de mécontentement de la file de voyageurs derrière elle. Elle était montée dans le train avec une joie et une peur mêlées devant la nouvelle vie qu'elle s'était offerte.

En l'écoutant, je songeais à mon bus, à mon départ,

à cette allégresse de l'évasion que nous avions en commun. J'étais dans une telle accointance avec elle que je m'imaginais assis à ses côtés, dans le wagon vieillot, à regarder fixement les photos de *La mer de glace à Chamonix* et à traduire inconsciemment *È pericoloso sporgersi.*

Arrivée à Bordeaux, sa stupidité lui avait sauté au visage : elle ne parlait pas le français, elle n'avait pas d'argent, elle ne savait pas où aller. Les heures passaient et elle ne bougeait pas, assise sur un banc, ne sachant quoi faire. La femme de ménage qui récurait l'immense hall l'avait vue, elle avait compris sa détresse, elle avait l'habitude avec les réfugiés de Franco. Elle baragouinait deux trois mots d'espagnol, elle lui avait parlé d'abri. Concepción s'était retrouvée à l'Armée du Salut comme moi à la Légion, et elle aussi avait été nourrie, logée, blanchie et y avait trouvé une famille. Elle avait appris un peu de français. En échange, elle allait sonner la cloche dans les ruelles du centre historique de Bordeaux pour appeler à la conversion, elle tricotait pour les enfants malades et visitait des vieux abandonnés dans les maisons de retraite ou dans les hôpitaux.

Un jour, pour changer, on lui alloua un Victor. Un homme d'une quarantaine d'années gavé de tuyaux et inconscient sur son lit, plongé dans un coma artificiel profond. Il n'avait pas de famille et l'infirmière en chef du service avait demandé à Concepción de lui faire la conversation, pour stimuler ses neurones engourdis. Concha apportait son tricot et racontait n'importe quoi pendant deux heures : que les carottes n'étaient pas chères ou qu'elle n'aimait pas manger du lapin, que la ville était sale, etc. Elle parlait en espagnol pour avoir un discours plus fluide et plus dopant. Un après-midi de juillet, à sa grande surprise, alors qu'elle dissertait sur la cuisson des empanadas à la viande, Victor était sorti de son coma et avait ouvert les yeux. Le pauvre, il aurait mieux fait de les garder fermés : il était tétraplégique après son accident de voiture et seule sa tête fonctionnait en toute autonomie.

Ils avaient continué à parler, en français, et ils s'étaient attachés l'un à l'autre, petit à petit. Elle aimait passer son temps avec lui. Il avait une culture immense, elle pouvait l'écouter pendant des heures. Il avait beaucoup voyagé, il était médecin six mois par an sur des bateaux de croisière. Il lui racontait ses voyages autour du monde, ses clients que la fortune et l'ennui poussaient à tous les excès, à tous les vices. Il détaillait les paysages fastueux des îles abordées, parlait de lagons lumineux et de barrières de corail, d'eaux transparentes où nageaient des poissons multicolores, des ciels de feu qu'incendiait le soleil tombant dans la mer. Elle rêvait tous les jours.

À sa sortie de l'hôpital, il lui avait proposé de rester avec lui et il lui avait avoué qu'il l'aimait. Il était conscient du sacrifice qu'il lui imposait. Il avait expliqué que son amour n'était pas une entrave, qu'il voulait juste qu'elle aime sa pensée, qu'elle soit amoureuse. Il la laissait libre de son corps, elle pourrait avoir des amants. Concepción avait accepté sans hésiter, elle se moquait de l'amour physique qui la terrorisait depuis la description de Mina, elle était parfaitement comblée par l'amour platonique et néanmoins puissant qu'elle vouait à Victor. Il avait fallu aménager la maison, pour que le fauteuil roulant passe partout, casser des portes, installer des plans inclinés.

Concepción avait appris les gestes, les pratiques d'une aide-soignante, elle lui faisait même les petites injections. Elle passait ses journées à s'occuper de lui, et prenait un plaisir certain à le laver, le caresser, le masser, elle connaissait son corps d'homme au millimètre près, elle n'était plus épouvantée par le sexe masculin, d'autant plus que celui de son amour restait ratatiné, toujours dormant et qu'il était affublé d'une sonde urinaire. Victor lui rendait la vie merveilleuse, en la remerciant quotidiennement de sa présence, en continuant à lui raconter ses voyages, en lui apprenant le français. Il entretenait avec elle une conversation riche, et il lui lisait des livres somptueux dont elle tournait les pages, des romances en Italie ou en France. Grâce à lui, elle avait découvert Stendhal et Dumas, Balzac et Flaubert.

Quelques années après son arrivée en France, elle était allée au consulat pour obtenir un extrait de naissance. Victor la poussait à faire des démarches, il voulait l'épouser pour la mettre à l'abri financièrement et lui permettre d'acquérir la nationalité française. Elle avait reçu le papier demandé et elle avait appris alors qu'elle était divorcée, à ses torts, pour abandon du domicile conjugal. Plus tard, elle avait osé écrire à sa mère, une lettre où elle lui parlait de sa nouvelle vie, de son installation en France, de son bonheur et de son attachement à Victor. Ce fut la mère supérieure qui lui répondit, pour lui apprendre le décès de celle qui l'avait mise au monde deux mois auparavant. Elle avait rejoint son Dieu, avec une certaine joie. À sa grande surprise, Concepción apprit l'existence de son père, venu aux obsèques et qui cherchait à la rencontrer, tout à coup préoccupé de sa fille. La mère supérieure avait glissé dans l'enveloppe une courte lettre de ce père inconnu, qui en appelait à la pitié de la jeune femme du fait de sa maladie et de sa mort imminente. Dans un premier temps, Concha n'avait pas voulu répondre, elle craignait de s'engager affectivement auprès d'un homme dont le quotidien lui était totalement indifférent et pour lequel elle éprouvait une certaine rancœur. Mais Victor avait plaidé en sa faveur.

« Va, Concha, descends le voir. Pas pour lui, mais pour toi. On ne peut pas refaire sa vie, remettre du lien là où il n'y en a jamais eu. Tu sauras seulement si c'est de lui que te viennent certains grains de beauté, tes yeux clairs, la couleur de ta peau. Va, c'est important. Plonge tes yeux dans les siens, prends sa main dans la tienne. S'il est malade, reste un peu avec lui, fais là-bas ce que tu fais pour moi. Prends le temps qu'il faudra, nous trouverons quelqu'un pour te remplacer quelques jours. Va, je t'en prie, va, pour toi. Je t'attendrai. »

Elle était descendue à Barcelone. Elle l'avait vu à l'hôpital où il avait été admis, il ne pesait déjà plus que trente kilos. Il ne lui demandait pas de l'aimer, il savait que ce ne serait jamais possible, mais il avait un pardon à lui demander. Naïvement, elle avait cru qu'il s'agissait du sien. Il lui avait dit qu'il y avait une maison pour elle dans un village, celle de son arrière-grand-mère, mais que ce n'était pas vraiment un cadeau, elle était en très mauvais état, il y était retourné quelques mois auparavant. Il lui avait laissé une lettre et un couteau avec ses initiales à remettre à quelqu'un après sa mort pour une histoire de pardon, qui ne la concernait pas. Une absolution dont il avait besoin. Il s'était excusé de lui demander ce service, alors qu'il avait conscience de n'avoir jamais été là pour elle, mais que peut-être l'homme à qui elle allait remettre la lettre et le couteau aurait la bonté de lui expliquer pourquoi il n'avait pas été à la hauteur.

Elle l'avait quitté sans avoir pu l'embrasser, sans peine, sans colère. Il ne s'était rien passé pour elle du côté des émotions. Elle avait juste vu son visage, et elle y avait reconnu le sien, derrière la maigreur et la maladie.

Elle avait continué sa vie auprès de Victor, sans refaire le voyage pour l'Espagne ni donner la lettre et le petit couteau comme son père le lui avait demandé. Elle se moquait d'être la bonne fille d'un mauvais père.

Quand Victor était mort, un an auparavant, des suites d'une embolie pulmonaire soudaine, le deuil, les tracasseries administratives avaient occupé ses pensées. Et puis, quand le silence et l'absence avaient été palpables, quand elle avait été libre de toilette, de soins, d'amour, elle avait songé à sa vie, et comme moi elle s'était dit qu'il était peut-être temps de rentrer au pays. Elle avait pensé dans un premier temps retourner à Orense où elle avait vécu avec sa mère, mais le souvenir et la possibilité de croiser Don Alaya l'en avaient dissuadée. Ne restait que la maison de Doña García, c'était sa seule vraie racine. Elle avait choisi le village de son arrière-grand-mère.

Il lui avait fallu plusieurs jours pour se souvenir de la lettre et du couteau de son père, qu'elle avait retrouvés au fond de ses cartons. Elle était allée sonner chez l'homme à qui elle devait tout remettre, Máximiliano. Comme son père lui avait assuré que l'homme comprendrait, elle avait juste murmuré « C'est de la part de Paco » sur le pas de sa porte. L'homme, d'abord immobile, les avait pris avec lenteur et sans dire un mot, mais elle avait senti l'émotion presque insoutenable, aux larmes qu'elle avait vues dans les yeux de cet homme âgé qui ne devait pas s'émouvoir de grand-chose. Elle avait perçu le tremblement dans la voix qui s'excusait de ne pas la faire entrer et lui proposait de repasser le lendemain, à cause d'un rendez-vous avec le passé. Elle avait tenté de se disculper de n'être pas venue plus tôt, mais il avait déjà refermé la lourde porte, sans l'écouter.

Le lendemain, il l'avait ouverte à nouveau, cette porte, et avant même qu'elle ne frappe, il l'attendait depuis l'aurore et il l'avait vue venir à lui dans la rue. Il l'avait détaillée physiquement comme s'il cherchait quelque chose, comme si elle pouvait lui en dire plus. Il avait souri en la regardant dans les yeux. Ils s'étaient assis tous les deux dans le jardin, sous le figuier. Il lui avait raconté la Finca des Dieux, le chalet, l'amour. Mais Concha savait déjà que deux hommes peuvent s'aimer comme mari et femme.

La última vez

Marisol ne reviendra pas. On l'a retrouvée morte d'une overdose dans un appartement d'El Viso, un quartier chic de Madrid. L'enquête est en cours, mais l'inspecteur m'a dit de ne pas trop espérer :

« On arrivera bien à coincer un dealeur, mais les vrais fournisseurs sont à l'abri. Personne ne dénonce personne, vous comprenez. Votre femme, c'est une victime de plus de tout un système, toute une économie parallèle. Elle n'avait pas assez d'expérience, votre Marisol, elle était trop jeune, et quand on débarque de la campagne, on est vite ébloui. »

J'ai senti qu'il n'avait plus la foi, c'était une cause perdue d'avance. Il voyait plusieurs cas similaires par semaine, toujours des jeunes. Il était blasé de tout. Il m'a offert une cigarette, sur le chemin de la morgue, et parlé de ses prochaines vacances à Huelva.

Je n'ai pas reconnu Marisol quand il a soulevé le drap. Elle avait changé, et si elle avait vieilli prématurément comme je l'avais présagé, il y avait quelque chose en moi qui s'était détaché d'elle, un autre souvenir qui avait perduré. Sur cette table froide, ce n'était plus la petite

Mange-Miette, ni la Marisol de l'époque de mon retour qui riait sur le banc dans mon jardin, mais c'était sa mère, la Macarena. Ou plutôt réapparaissait la Macarena de ma mémoire d'adolescent que j'avais oubliée jusqu'alors. Je me la rappelais subitement, la revoyais sur le chemin, sa démarche dansante et son visage ridé qui s'éclairait d'un sourire à ma vue. Elle se moquait toujours un peu de moi, comme le font parfois les adultes mal à l'aise devant un enfant qui les toise. Elle me trouvait les yeux trop noirs et mobiles, inquiétants comme ceux du faucon.

J'ai eu de la peine, tout à coup, et de la culpabilité : elle devait m'en vouloir depuis son ciel, la Macarena. J'aurais dû venir chercher sa fille, essayer de l'arracher à ce monde factice, où la vanité n'avait d'égale que l'hypocrisie. J'aurais dû la ramener vivante au village, comme l'avait fait El Bueno par amour pour Pilar. Je ne l'avais pas assez aimée. Je n'étais pas le seul fautif, Marisol non plus ne m'avait pas assez aimé, je n'avais pas pu rivaliser avec ses espoirs, l'autre vie qu'elle avait voulu se construire. Nous avions loupé le rendez-vous, nos gouffres de solitude, nos abîmes amoureux n'avaient pas pu se combler l'un l'autre. Nous étions trop différents, de rêves et d'envies.

L'inspecteur avait disparu, pour me laisser seul avec ma femme, mais c'est avec sa mère que je m'étais mis à parler intérieurement au pied du brancard. Elle ne me passait rien, la vieille. Elle discutait avec ma conscience et me faisait mille reproches, détaillait mes manquements, ma légèreté, mon inconsistance. La seule idée qui me réconfortait, c'est que dans le visage fané de Marisol, sur sa peau cireuse, il y avait tout de même quelque chose de gai. Je cherchais désespérément d'où me venait cette impression de joie macabre, ce qui l'avait fait naître en moi, avant de m'arrêter sur sa bouche. Elle affichait un très léger sourire aux lèvres, qui avait dû accompagner des yeux grands ouverts sur le beau, avant qu'on ne lui ferme les paupières. Oui, c'était ça. Elle n'était pas seule au moment du décès, quelqu'un lui avait fermé les yeux délicatement. Elle était morte dans un rêve de bonheur, peut-être lors d'un défilé, après le tonnerre d'applaudissements du public devant sa nouvelle collection. Je me suis dit que c'est que je raconterais à Esperanza : sa mère était morte heureuse, d'une fulgurance de succès qui lui avait fait exploser le cerveau. S'était ensuivi un infarctus de gloire, le cœur avait lâché devant tant d'hommages et de louanges. La fille de la Sierra était devenue une reine de la capitale et elle était morte comme une star, jeune et en pleine ascension. Je me suis promis de construire une romance qui ferait de sa mère une légende dans la tête de sa fille. Ça m'a réconcilié avec la Macarena, elle a cessé de m'injurier. Je lui ai promis de la magnifier elle aussi, d'en faire une guérisseuse hors pair, une femme connaissant le pouvoir des plantes, l'âme et le corps des hommes. J'ai juré d'inventer un père à Marisol. Un voyageur, un étranger de passage, capable de séduire en quelques paroles mélodieuses de sa langue inconnue la grande prêtresse Macarena, venue ramasser des ciguës et des amarantes sur les pentes de la Sierra. Un homme aussi fort, aussi grand que la montagne elle-même, d'où la confusion pour les villageois de l'époque. Je marmonnais tout seul, l'inspecteur croyait que je priais et n'osait m'interrompre. Lorsque j'ai relevé les yeux, il a sauté sur l'occasion pour me faire un signe avec sa montre et m'indiquer que l'heure tournait. Nous devions encore monter à l'appartement dans Pacífico pour récupérer quelques affaires de Marisol, la police scientifique était déjà passée. Dans les embouteillages, il a mis la radio, il n'avait plus envie de parler.

Il n'y avait rien à emporter, qu'une décoration moderne et sans âme, dans le deux-pièces. Marisol ne faisait que dormir ici, j'étais sûr de posséder bien plus de souvenirs d'elle à la maison. J'avais envie de tourner les talons sans même ouvrir les tiroirs, mais j'ai fait semblant de fouiller un peu, de chercher quelque chose, à cause de l'inspecteur. Dans un placard, j'ai trouvé Monsieur Toby. L'oreille toujours à moitié arrachée, nu comme un ver. Visiblement Marisol l'avait rangé là en vitesse, sans prendre soin de lui comme par le passé. J'ai regardé la machine à coudre qui trônait sur la table du salon : neuve, brillante et beaucoup plus sophistiquée que celle de la maison, elle n'avait pas d'âme. Je n'ai pas trouvé de photos, ni de lettres, elle n'avait pas gardé les nouvelles de ma Grenouille. Je suis reparti les mains vides, avec seulement Monsieur Toby qui dépassait de la poche de mon costume.

À la fin, j'ai tout de même ramené Mange-Miette au village, même si c'était trop tard. Je l'ai mise avec sa mère, persuadé que cette dernière ouvrirait grands les bras pour prendre sa fille contre elle, une fois les vivants retournés à leurs occupations. De fait, après l'enterrement, la Macarena a cessé de me parler, même dans mes rêves.

J'ai confié Monsieur Toby à Concha, elle avait l'habitude avec les malades. Il sentait trop la clope et il avait des taches un peu partout, alors elle l'a lavé de ses mains, avec des gestes tendres comme des caresses. J'ai pensé à Victor, je me suis demandé si sur sa peau de tétraplégique il avait senti ce contact, j'ai prié pour que ce fût le cas.

« Demain midi, il sera sec. Je ne peux pas le mettre au soleil maintenant, il est trop fort, ça le rongerait. »

Elle lui a parfaitement raccommodé l'oreille. Le soir même, elle lui a tricoté un pull et un pantalon, un bonnet avec des trous pour les oreilles. Je lui ai fabriqué un petit fauteuil. Il est assis pour toujours dans le salon, il regarde par la fenêtre les gens qui passent. Je lui parle un peu de temps en temps, surtout les soirs de match, même si, moi aussi, je sais que c'est une peluche.

J'ai repris ma vie, qui marchait devant moi, j'ai continué à bosser. Je n'ai rien changé. Je me sentais toujours aussi seul.

Je m'attachais aussi à Concha. Je détaillais sa beauté, ses longs cils qui bordaient des yeux vert pâle. Sa peau fine et très claire assez inhabituelle pour la région. Un peu de Galice en Estrémadure, un peu de crachin dans la poussière. Ce qui me faisait espérer quelque chose, c'était son prénom. Concepción. Peut-être bien qu'elle me ferait le frère de mon Esperanza, si je le lui demandais gentiment. Avec un prénom pareil, c'était tout même ballot de ne pas avoir d'enfant. Elle avait encore l'âge. Moi, je n'étais plus très frais, mais j'avais lu que Charlie Chaplin avait eu un enfant à soixante-douze ans, ça me laissait quand même pas mal de temps. Ce qui me retenait avec Concha, c'est que je savais qu'elle était vierge et cette virginité m'apparaissait comme une barrière infranchissable : elle me faisait peur. Je tentais néanmoins quelques approches, je la tenais par le bras sur le parking du supermarché, je réparais des trucs chez elle, je tâchais de me rendre indispensable. Mais je sentais confusément qu'elle n'était pas pour moi, il y avait entre nous quelque chose, certes, mais qui tenait plus de la fraternité que de la séduction. Notre passé commun, nos espoirs si proches, nos rêves similaires faisaient que je la voyais plutôt comme ma petite sœur, et cela certainement à cause du Père, qui lui aussi l'avait prise en affection.

Je n'ai jamais su ce que Paco lui avait écrit, je n'ai pas eu besoin de demander. Peu de temps après, il a fait repeindre la magnifique porte de la Finca des Dieux et il a fait poser une grille monumentale en fer forgé. Il s'est installé là, dans un chalet qu'il a reconstruit à l'identique, avec une terrasse et un auvent. Il a enfin laissé tomber l'exploitation, il a presque tout confié à Constantino. Il me tanne tous les jours pour que je reprenne le flambeau, en plus de la réserve. Le Père a replanté plusieurs variétés de cépages oubliés sur la terre de la finca, qu'il cajole à longueur de journée. Il a dans l'idée de faire un vin différent, ambré, équilibré, généreux. L'élixir des dieux, qui sera son meilleur cru.

« Tu comprends, j'ai fait une promesse moi aussi, que je dois tenir », m'a-t-il dit.

Je monte souvent pour boire une bière et l'écouter parler de son futur vin, j'y retrouve Concepción la plupart du temps. Il s'est noué entre elle et le Père une relation intense. Il aime la voir autant qu'elle a besoin de lui. Je crois qu'il retrouve en elle un peu de son Poco, et qu'elle l'envisage comme un père putatif. Pour les travaux de la finca, Máxi se fait aider par Benito, un ouvrier agricole qui s'y connaît en maçonnerie. Ils ont commencé un mur immense, blanc comme la lune, qui devrait faire le tour de la propriété, un chantier pharaonique. Pour plus de commodité, Benito dort là-haut. Je me demande s'il n'y a pas quelque chose entre lui et Concha, chaque fois qu'ils parlent et se regardent, j'ai le sentiment d'être de trop. Blanca continue à apporter à manger, et à entretenir la maison au village, elle s'épouvante de cette installation dans ce chalet si peu confortable.

Guépard m'a embringué pour aller courir avec lui le dimanche et me soigner de ma détresse de célibataire. Je ne cours plus aussi bien qu'à Toulouse, mais j'ai de beaux restes et l'espoir de me remettre à niveau. Je souffre un peu, mais je persévère grâce à ses encouragements et pour la bière fraîche que je bois avec lui au bar *El Escudo*, après l'effort. J'en profite toujours pour essayer de lui extorquer des conseils sur la séduction, et plaisanter sur le fait qu'il pourrait donner mon numéro de téléphone à ses patientes, veuves ou divorcées. Il rit et m'envoie au diable, en me disant que cette fois-ci je dois me débrouiller seul, qu'il me l'a répété plusieurs fois, en amour il ne sait rien. Pour le téléphone, c'est impossible, il est tenu au secret médical. Il me menace de ne plus m'écouter, et m'oppose une « fatigue compassionnelle ». Je ne parle à personne d'autre de cette solitude qui me ronge, j'ai retenu la leçon avec Marisol : si je continue à m'épancher, je crains qu'ils ne complotent à nouveau tous et que je ne trouve une nuit, par je ne sais quel subterfuge, une femme dans mon lit.

Mais il est peut-être déjà trop tard : Telmo m'a appelé ce matin, il y a une femme qui me cherche en ville. Elle est noire, corpulente, elle ne parle que le français et elle traîne derrière elle un petit garçon. Elle dit qu'il s'appelle « Gonzalo », comme son père.

Composition : Soft Office.
Achevé d'imprimer
sur Roto-Page
par l'Imprimerie Floch
à Mayenne, le 5 décembre 2022.
Dépôt légal : décembre 2022.
Numéro d'imprimeur : 101604.

ISBN 978-2-07-298816-5 / Imprimé en France.

447943